椎の川

大城貞俊

主な登場人物

◇松堂《まつどう》家の人々（三世代が一緒に住んでいる）

松堂源助…太一の祖父　タエ……太一の祖母

源太………太一の父親　静江………太一の母親

太一　……主人公の少年（6歳）　美代………太一の妹（3歳）

辰吉………太一の叔父　梅子………太一の叔母

◇大城家（静江の実家）

大城貞市…静江の父親

ウサ………静江の母親

◇その他（村人）

山城栄作　山城トキ　森根茂子　多和田五郎　平良義信

産婆ツル　その他

第一章

1

山は、揺れると波のようであった。一つ一つの樹々は、まるで大海の波のように揺れた。優しく揺れる時もあれば、時には声を上げて激しく慟哭し、また時には柔らかな羽毛の絨毯《じゅうたん》を遠くまで敷き詰めたような静けさで、微《かす》かに表面だけを震わせた。

山は、いつまで見ても見飽きることがなかった。直立した樹々が風を受け、梢を揺らして倒れていく様は、まるでドミノが倒れていくようで壮観であった。すべての樹々が大草原の柔らかな草のように縦横に撓《しな》った。いくつもの緑の川が、突然蛇のように身をくねらせて現われては、また消えていった。揺れる緑の大海の褥《しとね》に飛び込んで、身を横たえてみたい誘惑さえ覚えることがあった。

季節が変わるごとに、山は鮮やかに表情を変えた。春には、すべての樹々が芽を吹いた。新芽は、実にさまざまな色を有していた。決して緑だけではない。赤や黄色や、黄緑や茶色や、群青色や薄緑……。春になると、それらが一斉に山を飾るのだ。それは樹の有しているもう一つの花だとも思われた。冬の間に蓄えた生命の花が一斉に咲き競い、揺れるのだ。なかでも、椎の樹の鮮やかな黄緑色の新芽は、一際《ひときわ》春の山に光彩を放って揺れた。

山の春夏秋冬の表情は、人間の成長するその時々の表情にもよく似ていた。たとえば夏には、若い乙女のような恥じらいを有した山があり、秋には、深い人生の深奥に沈んでいく濃緑色に彩られた壮年の山があった。そして、冬には老境を受け入れて歩く多くの人々の無言の群れのようにも見えた。

そのいずれの山も、もちろん揺れた。揺れながら多くの生命をその懐《ふところ》に抱いていた。多くの動物たちの、小さな虫たちの、生きるための切ない営みが、その緑の大海で日々繰り返されていた。

沖縄本島北部の村々の背後には、紛《まぎ》れもなくそのような山々が連なっていた。本島では四九八メートルの最高峰の高さを有する与那覇《よなは》岳をはじめ、西銘《にしめ》岳、伊部《いぶ》岳、照首山《てるくびやま》など大小の山々が、南北に細長く伸びた北部の地の中央部を、同じように南北に走っていた。分水嶺となった山頂からは、短い渓流が東西に流れ、海に出口を求めたその流れは、入り江付近で砂丘と複合し、わずかばかりの沖積平野を造り、そこに小さな集落が形成された。

集落の後背地を造る山々は、ほとんどが海岸近くまで迫っており、しかも断崖を成していることもあって、集落間の交通は遮断され、いわゆる「陸の孤島」と呼ばれる独特の集落が形成されたのである。

このような自然条件を有した北部地域のことを、沖縄の人々は「ヤンバル」と呼んだ。ヤンバルの歴史は、この自然条件と無縁ではなかった。たとえば、隣村から隔絶された生活は、必然的に人々に閉鎖的な生活を強いることになったが、反面、血縁あるいは地縁の共同体意識を高めることにもなった。小さな集落であるがゆえに背負わねばならない労働力の不足を補い、生産力を向上させるために「ユイマール」という共同夫役制度を発達させ、さらに耕地が狭小でしかも沃土が少ないという条件は、琉球王国時代の山林行政とも繋《つな》がって、農業よりも林業を主体とする生活を展開させた。

眼前にある豊かな海の資源は、漁業を盛んにすることはできなかった。たとえ毎日豊漁だったとしても、それを売りさばく市場が近隣になく、また遠隔地まで新鮮なままに輸送する方法もなかったのである。そして、だれもが海に出ればその豊かな海の幸の恩恵を受けることができたから、漁業は、ついに自給自足程度のものに留まった。

そのようなヤンバルの地の北端の辺土《へど》岬から南に向かう東側の海岸線には、奥《おく》、楚《そ》洲《す》、安田《あだ》、安波《あは》など小さな村々がほぼ等間隔に並んでいた。これらの村々の中でも、楚洲は最も小さな村であった。

楚洲は、今から二百五、六十年も前の元文元年（一七三六年）、当時の首里《しゅり》王府の三司官蔡温《さいおん》が、奥と安田の間が四里も離れているのは山林政策上不便であるという理由から、中間地へ新しい村を建設することを計画。奥村の小字「スイ兼久《かねく》村」の人々一〇〇人ほどを移住させてスタートさせ、楚洲村と命名した。その後、廃藩置県時に首里や与那原《よなばる》や本部《もとぶ》などから移住して来た人々が寄留し、明治十三年頃には、戸数二五、人口一三三人であった楚洲は、明治三十六年には、戸数五八、人口三〇六人に膨れ上がった。

楚洲の村から一歩山へ分け入ると、そこには深い原生林が生い茂っていた。ヘゴの木やクワズイモの大きな葉は、山道の至る所で見ることができた。ケナガネズミ、ヤンバルクイナ、ヤンバルテナガコガネなどの小動物にとって、深い山々は格好の住み家であった。

楚洲の背後に聳《そび》える照首山などの分水嶺から流れて来る水は、村にやって来るまでには満々と水をたたえた楚洲川となり、村の北外《はず》れを通って太平洋へ流れ込んだ。河口は大きく開き、海は村の正面に入り込んだ湾状の入り江を形造っていた。輝く太陽は、目前の太平洋の水平線を昇り、背後の山々へと沈んでいった。

昭和十六年十二月、日本軍がハワイの真珠湾を攻撃して、対米英へ宣戦を布告し、日本中が戦争一色に塗りつぶされていく頃、楚洲の村の戸数は四〇戸ばかり、二〇〇人程度の人々が生活を営んでいた。その中の一軒に、松堂太一の家があった。当時、太一は七歳になったばかりであった。

2

「太一、今戻ったよー。」

お母《かあ》が、庭で妹の美代を相手に遊んでいる太一に声をかける。

太一が、声のする方向を振り返ると、大きな籠を背負ったお母がすぐ後ろに立っている。籠からは、切り取ったばかりの青々としたサツマイモの葉が大きく溢れ出し、お母の上半身をすっぽりと覆っている。葉の下の籠の中には、サツマイモがいっぱい詰まっているのだろう。お母の頭から覆い被さった芋の葉は、お母が長い緑の髪を垂らしているようにも見える。その緑の髪の中から、お母が再び太一に声をかける。

「太一、お願いがあるんだがね。またタナガー（川蝦《かわえび》）を捕ってきてくれないかねえ。」

お母が、「よいこらしょ」と、掛け声をかけて大きな木の切り株に籠を降ろした。お母は、いつもその切り株に籠を置く。しゃがむと、疲れた身体を背中の籠に取られてしまい、後ろに反《そ》り返ってしまうので、そうならずに中腰のままで置くことができるからだ。

「お父《とう》にこの切り株を作ってもらったんだ。お父は、偉いだろう。」

と、笑ってお母が太一に話していたことを思い出す。あんなにも得意そうにお父のことを話すお母を、太一は初めて見たような気がしたものだ。

お母は籠を置くと、立ち上がって両手を腰に当て、背伸びをした。それから二、三度腰を拳でとんとんと叩くと、太一の方を向いてにこにこ笑いながら言った。

「太一、この芋と一緒にてんぷらでも作ってみようと思ってな。」

太一は、嬉しくなった。お母の言葉を聞き終わらないうちに、すぐに軒下に吊るされている手籠に向かって歩き出した。てんぷらは、太一の大好物だ。このことは、お母が一番よく知っている。太一は、手籠を取ると、お母を向いて頷《うなず》き、くるりと振り返って川に向かって走り出した。

それを見て、妹の美代が叫んだ。

「お兄ちゃん、私も連れて行ってー。」

美代は、地団駄を踏んで大きな声で泣き出した。

「太一、美代も連れて行ってよー。」

お母の声が太一の足を止める。いつだってこれだ。まだ三歳になったばかりの美代は、太一がどこに行くにも一緒に付いて行きたがった。今、タナガーを捕りに連れて行くと、邪魔になることは分かっている。太一は、お母にタナガー捕りに行ってくれと頼まれた時から、なんとかして美代を残して一人で行きたいと思っていた。今日は、手籠いっぱいタナガーを捕ってきて、お母を喜ばしてやりたいと思ったからだ。美代を一緒に連れて行くことがためらわれた。

「美代、お兄ちゃんの邪魔をしたらいかんよ。」

お母が美代に言い聞かせている。お母は、当然太一が美代を連れて行ってくれるものと勝手に決め込んでいる。美代もすっかりその気になっている。太一は、不機嫌になったが、もう諦めるしかない。

「美代、早く来い。」

太一は、ぶっきらぼうに美代を呼ぶ。美代が嬉しそうに駆け出して来る。

「気をつけて、早く帰って来るんだよ。」

お母が言う。太一は、振り返って大きな声でお母に返事をする。

「シワサンケー（心配するな）。マカチョーケー（まかしとけ!）。」

美代も振り返って、お母に言う。

「シワサンケー、マカチョーケー。」

お母が、笑って手を振る。

太一は、美代の手を取ると再び駆け出した。

川の水音が、心地よく周囲の樹木の中に吸い込まれている。初夏を感じさせる爽やかな風が川面《かわも》に吹いている。水は、手足にひんやりと冷たい。

太一は、いつもの場所に真っ直ぐに駆けて行った。そこは、川が緩《ゆる》やかにカーブを描いて、流れがやや淀んでいる場所だ。その緩やかにカーブを描いた弓なりの岸辺から、木や草の根が水に垂れて、柔らかい繊毛となって水中に揺れていた。

太一は、用心深く川の水に入り、膝まで水に浸《つ》かりながら腰を曲げ、手を水の中に潜《もぐ》り込ませてその繊毛の下を探った。初めに両手をいっぱいに広げ、それから徐々に目の前の方に狭めてくる。すると、繊毛の下には、必ず二、三匹のタナガーがいる。タナガーは、手にふれる感触ですぐ分かる。その時、間髪を入れずにわしづかみにする。もしくは、そっと中央まで追い立てて両手で捕まえるのだ。

そのようにして、タナガーは面白いようにいくらでも捕れた。タナガーの中には、ザリガニのように大きな鋏《はさみ》をもった「チンバー」と呼ばれる大物もいた。時には指や手のひらを咬まれてびっくりすることもあったが、太一は、そのチンバーを捕まえることが上手だった。お母は、太一のその腕を見込んで頼んだのだろう。

太一は、何匹目かのチンバーを籠に入れながら、お母の喜ぶ顔を想像した。

太一は、十数匹余のチンバーを捕まえた後、今度は上流の方へ移動した。川幅が広く、石ころだらけの浅瀬になった分、やや流れが速くなっていた。太一は、これぞという石に目星をつけ、その石の下に手を入れた。石底の周りを撫でるように手を回す。大物を狙うのではなく、数を増やすためである。指先に必ずタナガーの感触がある。それを慌てずに捕まえるのである。短時間で、タナガーは、やはり面白いように何匹も捕れた。

太一は、一度この場所で、吾作や盛治たちと川遊びをしている時、大きな鰻《うなぎ》を捕まえ損なったことがあった。皆で、退屈しのぎに適当な石をひっくり返して、タナガーや蟹や小魚などを捕まえては、喚声を上げて逃がしてやる。そのような他愛もない遊びを繰り返していた時、突然大鰻がどこからともなく太一らの目前に飛び出してきたのである。皆、喚声を上げて追いかけた。吾作は、足を滑らしてひっくり返り、したたかに尻を打った。盛治は石に躓《つまず》いて転んで鼻血を出した。太一も、両手で鰻を捕まえたと思った瞬間、するりと逃げられてしまった。どこで擦《す》りむいたのか右肘から血が流れていた。取り逃がした悔しさは今でも忘れられない。

太一は、ふと、その時のことを思い出した。思わず立ち上がって辺りを見回す。あの鰻は、今でもこの辺りに棲んでいるのだろうか。この辺りの、どこかの石の下に隠れているのだろうか。いや、すでに深いクムイ(溜まり)に潜り、悠々と泳いでいるのだろうか。

太一は、いつか必ずあの鰻を捕まえたいと思っていた。だから、上級生などが、釣り針に蛙を刺した仕掛けを作り、深いクムイで鰻を釣ったという話を聞くと、じっとしていられなかった。あの鰻ではなかろうかと思い、捕り逃がした鰻はもっともっと大きく、まだだれにも捕まえられてはいない、自分こそがきっと捕まえてみせると、勝手に思い込んだ。

妹の美代が、太一の方を向いて川辺の砂浜にしゃがんでいる。美代の下腹部が丸見えで、きらきら光っている。おしっこをしているのだ。太一は思わず声を上げて美代を呼んだ。

「美代ー、こっちへおいでー。」

それから、慌てて辺りを見回した。だれもいるはずはない。分かっていることだったが、人のいる気配がする。美代がおしっこをしている下腹部が、だれかに見られているのではないかと思うと恥ずかしい。もう一度、大声で美代を呼ぶ。

「美代ーっ。」

美代が、立ち上がって小走りで太一の所へ向かって来る。太一は、もう一度辺りを見回した。樹木が、さわさわと揺れている。樹木が美代を見ているのだろうか。それを人の気配と感じたのだろうか。太一は、樹木が美代を懐にくるんで、人目から隠してくれればいいがと思った。

美代の小さな足が、ちゃぷちゃぷと水音を立てている。水は、やはり、きらきらと光って美代の足元で、美しく跳ねて輝いた。

3

楚洲の村は、楚洲川を挟んで南と北にそれぞれ分かれて住家があった。南側の家は小高い丘陵地に点在してあったが、北側の家は身を寄せ合うように固まっていた。北側の家々が建てられている土地は、楚洲川の河口の土砂が堆積して山の下方に広がり、さらに浜から吹き上げられてきた砂が一緒になってできたかと思われるほどの小さい土地であった。だから、家々は、そのように固まって建てざるを得なかったのだろう。その家々と、わずかばかりの土地を、ユウナの木やアダンの木や木麻黄《もくまおう》の木が、海から吹き上げて来る浜風を遮《さえぎ》って守っていた。村人たちは、この固まってできた北側の村をホンムラ

（本村）と呼び、南側の村をウイヌシマ（上の村）と呼んだ。

楚洲の家のほとんどは、ホンムラにあり、ウイヌシマには、わずか五、六戸の家があるだけであった。学校は、ウイヌシマにあった。たぶん、ホンムラには、学校を建てる土地も、もうなかったのであろう。

また、ウイヌシマの高台には、ホンムラにはない広大な畑地があった。村人たちは、そこまで歩いて行かねばならなかったが、その労を省くために人々はそこへ移り住んでいったとも思われた。あるいは、学校がそこに建てられたので、何かと便利を考えて移り住んでいったのかもしれない。学校の校庭からは、いつでも緑豊かな椎の山が一望に見渡せた。

ウイヌシマの北側には、楚洲川とは別の流れをもつ我地《がじ》川の支流が流れており、飲料水に困ることはなかった。ホンムラの子供たちは、楚洲川を渡り、毎朝この坂道を登って学校へ通っていた。太一の家は、ホンムラにある三十余戸の家の一つで、村のほぼ中央にあった。

太一は、自分の捕ったタナガーが、てんぷらになって家族の皆の口に運ばれていくのを見ながら、得意になってちらちらとお母の顔を盗み見た。お母が、自分のことを、皆の前で褒《ほ》めてくれるのを、今か今かと待っていた。

「太一が、このタナガーを捕ってきたのか。」

源助じいが、お母の静江よりも早く、にこにこと笑いながら太一に声をかけた。太一は、照れくさそうに頷いた。

「太一は、本当にタナガー捕りが上手だね。毎日でも捕ってきてもらいたいね。」

と、タエおばあが言う。太一は、得意になって、わざと目立つように残してある大きなチンバーのてんぷらを箸でつつきながら言った。

「美代が邪魔をしなければ、もっとたくさん捕れたんだよ。」

太一は、不満そうに返事をして美代の方を見る。美代は、知らん振りをしててんぷらを食べている。美代の傍らに座っているお母と目が合う。お母は、太一をなだめるように言った。

「本当に太一は偉いさ。美代の面倒を見ながらこんなにたくさんタナガーを捕ってくるんだからね。お利口さんだよ。」

お母の静江が、やっと太一を褒める。太一は、お母に褒められるのが何よりも嬉しい。

お父の源太は、源助じいのそばで黙って食べている。

「太一、今度は辰兄《たつに》ィが海へ連れて行ってあげようか。海には、もっともっとでかい蝦がいるんだぞ。お前は、いいウミンチュ（漁師）になれるんだがなあ。」

辰吉が、太一の頭を撫でながら言う。辰吉は、源太の弟で、二三歳になる。今日は、とても機嫌がよさそうだ。太一は、いつも「辰兄ィ」と呼んでいる。

「辰兄ィ、本当、本当に連れて行ってくれるの。」

太一は、嬉しくてたまらない。

「ああ、本当だよ。きっと、いつの日にか連れて行ってやるからな。楽しみに待っていろよ。」

辰吉は、そう言いながら立ち上がる。そして、

「ルシビ（友達）の家に行くからな。」

と、言い残して、戸口に向かった。

梅子が辰吉の背中に向かって言う。

「辰兄ィは、ルシビがいて、いいね。私も、早くいい人が見つからないかなあ。そうすれば、早く結婚できるのになあ。」

辰吉ではなく、タエが梅子に言う。

「お前も、ネエネエのようにカーギ（器量）がよければねえ。」

タエが梅子をからかう。梅子は、一八歳になる。ネエネエとは、嫁に行った米子のこ

とだ。

源助とタエの間には、三三歳になる源太を筆頭に、米子、辰吉、梅子と四人の子供がいる。もっとも、源太の上に源一という生きていれば三八歳になる長男がいたが、生まれて間もなく病をこじらせて亡くなった。源助もタエも、源一のことはほとんど話さない。五年ほど前に、三十三年忌の法要も無事に済ませた。静江が、嫁に来て二年目のことだ。

　タエは、源一を二二歳で生んだ。源助は、タエよりも二歳年下であった。二合《にごう》ムイ（婚約祝い）をしてからも、まだ二人して独立して家をもつことはできなかった。互いに若かったが、また同じぐらいに貧しかった。源助が、タエの家にカユイ（通い）をして、翌朝、自分の実家に帰るという二人の結婚生活が始まった。もっとも二合ムイをしても、多くの者たちが披露宴はせずに、子供が何人もできてから夫のもとへ移り住んだり、二人して新しい家を建てたりするのが普通であったから、タエも源助も、この生活がそれほど苦にはならなかった。二合ムイの宴席で、親戚への紹介や結婚披露も済ませたようなものであった。

　新郎新婦の源助とタエの二人が並んで座った前に盆を置き、水を入れた椀から仲人が指で二人の額に水を付けてやる夫婦固めのミジナデーの儀式は、タエの家の隣に住むマカテーおばあがやってくれた。白い御飯に、お汁、小魚を添えただけのミートゥンバムン（夫婦の食事）も食べた。質素な食事であったが、皆の前で二人並んでそれを食べるのである。一枚の着物に二人して片袖ずつ手を入れるソデェヌチャーシイもした。さすがに源助もタエも、その時は緊張した。

源助は、ミートゥンバムンの白い盛飯をがつがつとほとんど一人だけで食べた。源助に台所の「火の神《ヒヌカン》」を拝ませて、ナービヌヒング（鍋の煤）を顔になすり付けた時、タエは、ああ私はこの人と結婚するんだなあと思った。すぐに源一が生まれた。しかし、生まれて一年も経たないうちに、源一は高い熱を出して汗をかきながら死んでいった。源助の落胆は大きかった。タエも半年ほどは、呆けたように毎日を過ごした。

梅子が、笑いながらタエに返事をする。

「私は、カーギは、とても上等だと思うんだがねえ。」

そう言って、ふざけて媚態をつくり、大声で笑う。皆も声を合わせて笑う。その笑い声で、タエは、ふとわれに返り、源一の思い出を振り払うように首を振り、右手の拳で凝った肩を叩きながら梅子を見た。

梅子は、実に屈託がない。タエは、梅子のその仕種《しぐさ》を見て、やはりまだ子供なのかなあと思う。隣の安田《あだ》村に嫁にいっている米子も、もう三〇歳近くになるはずだ。去年の暮れに三人めの子供ができたとの知らせがあって皆で喜んだ。米子が嫁にいったのが一九歳、静江が嫁に来たのが二〇歳、梅子は一八歳、そろそろニービチ（結婚）のことも考えてやらなければならない年頃になったのかもしれない。

梅子が、辰吉の出かけて行く後ろ姿をさも羨ましそうに見ながら、姿が闇に消えたのを見計らってタエに話し出す。

「お母、辰兄ィは、ルシビの所にではなく、ウイヌシマの千恵ネエの所に行ったんだよ。この前、辰兄ィと千恵ネエが、まったくミートゥンバ（夫婦）のようにして道を歩いているのを見たよ。」

「えー、フリムニーシィ（戯《ざ》れごとを言って）。一緒に道を歩いただけでミートゥンバかねえ。」

タエが梅子の言葉を遮る。

「でも、とても仲がよさそうだったよ。」

梅子も負けてはいない。

「辰兄ィは、モーアシビ（毛遊び）の時も、いつも千恵ネエと一緒だよ。お母は、もうニービチの準備をしないといけないんじゃないの。私なんかモーアシビに行っても、いつでも辰兄ィに追い払われるんだよ。ルシビと遊ぶこともできないんだよ。」

梅子は、ここぞとばかり忿懣をぶっつける。

静江が、タエや梅子の椀に茶を注ぎながら笑っている。静江は、米子と入れ替わるようにこの松堂に嫁に来た。源助もタエも、米子を嫁にやった淋しさもあったが、息子の源太が静江を嫁にしたいという話をした時、できるだけ早く家へ迎え入れ、源太とのニービチも済ませてやりたかった。二合ムイを済ませてすぐにニービチ祝いをした。源助もタエも口には出さなかったが、亡くした源一のことが頭にあったのであろう。早く一緒に一つ屋根の下に住むことが、二人のために一番よいと思ったのだ。

静江は、実に気の利く嫁だった。そして、実によく働いた。タエには、静江の生んだ二人の孫も可愛くてしかたがない。

「梅子にも、いまにきっといい人が現われますよ。」

今まで、梅子とタエのやりとりを黙って聞いていた静江が、笑いながら梅子に言う。

タエが、静江に茶を注いでもらった後で口を挟む。

「静江は、本当にできた嫁だよ。おじいもおばあも幸せさ。源太も幸せ者さ。源太は、良いトゥジ(妻)を見つけたなあとつくづく思うよ。梅子、あんたもフリムニー(戯れごと)ばかり言わないで、静江を少しは見習いなさいよ。」

「はあーい。」

梅子が、またふざけた返事をする。女三人が大声で笑う。

静江は、笑いながら源助や夫の源太に茶を注いでまわる。夫の椀に茶を注ぐ時は、先ほどのタエの言葉が思い出されて少し顔が赤くなる。静江は、そのまま食事の膳を片付け始める。

タエが、源助に言っているのか源太に言っているのかはっきりせぬまま、一人言のようにつぶやく。

「猪が芋畑を荒らしているよ。なんとかしないといかんね。」

「芋畑だけではないよ。川のそばにある野菜畑まで荒らしているみたいだよ。ゴーヤー(苦瓜《にがうり》)の棚も胡瓜《きゅうり》の棚も皆踏みつぶされてしまっているよ。なんとかせんとね。」

源助も源太も返事をしない。静江は、食事の膳を片付け、二人の前に晩酌の泡盛の瓶を置きながら源太に言う。

「お父、おばあがあんなに言っているんだから、なんとかして下さいよ。」

静江のその言葉に、源太ではなく、源助が傍らから返事をする。

「近頃の猪は、利口になってきたなあ。猪返しの道を作って追っ払おうとしても、畑の中に入って来るからなあ。どうだ源太、罠でも作ってみるか。」

源太は、湯飲みに注いだ泡盛を一口飲むと、源助に答える。

「ワラビ（子供）がいるからなあ。罠はよっぽど気をつけんとなあ。」

源太は、ためらいながら答える。源助も、源太の言葉に頷いている。

猪狩りの罠は、猪の通りそうな山道に仕掛ける。適当な太さの弾力性のある生木を先端だけ切って、そのまま弓状に地上まで曲げ、その先にロープを付けて丸く輪を作る。輪の下には直径五〇センチほどの穴を掘り、そこに小さな枯れ枝や枯れ葉などを被せてカムフラージュする。そこを猪が踏むと強く弾《はじ》いて輪が猪の足を絞めて宙吊りになる仕掛けだ。その仕掛けは、薄暗い山道では子供には見分けがつかない。だから、子供たちがなかなか入らない山道とはいえ、もし入り込んでそれを踏んだら、足の骨が折れないとも限らない。数時間も宙吊りにされたまま放置されたら、呼吸が止まってしまうだろう。

しかし、子供たちは、親に内緒でそのような危険な罠を仲間うちで仕掛けることもあった。十三祝いを過ぎた村の子供たちは、その罠を見よう見真似で作ってひそかな楽しみにしていた。

美代は、いつの間にか静江の膝で幼い寝息を立てている。

「アンヤサヤー（そうだなあ）……。」

源助が、源太の言葉にため息をついて大きく頷く。そして、先ほどから一人ぽつんと座って大人の話に耳を傾けている太一に声をかける。

「太一、こっちへおいで。おじいのところにおいで。」

源助は、太一を呼び寄せて膝に乗せる。そして、頭を撫でながら太一に話をする。

「太一、おじいが若い頃はな、大きな猪を一人で獲ったことがあったよ。アンヤサヤー、その猪は三〇貫（約一一〇キロ）ぐらいはあったかなあ。」

太一は、おじいの話を聞くのが大好きである。源助じいもまた、太一に若い頃の話をするのが楽しい。

「アンヤサヤー、おじいが今のお父ぐらいの時かなあ。」

「アリィアリィ（あれあれ）、またおじいのアンヤサヤーが始まったよ。」

タエおばあが、笑っておじいを冷やかす。源助じいは、取り合わずに太一に話しかける。

「アンヤサヤー、源太を連れて山に入ったのだが、山はカリユシ（めでたい）ものでな。その日は、何をやっても恵まれていたなあ。昼過ぎに水を飲もうと川に降りて行ったら、そこで猪を見つけてな。椎の木の下で寝ているわけさ。落ちていた椎の実でも食べて満腹して寝たんだろう。大きな木の下だったからな。おじいは、そっと猪の所に近づいて行ったんだ。ナタを持っていたからな。ナタで頭を断ち割るつもりでいたんだが、もう少しというところで猪が目を覚ましてな。そこで慌ててナタを投げたら、それが見事命中してな。後は、もう、血を流して逃げる猪を追いかけるだけさ。一里ぐらいは走っただろうな。猪が疲れてへばったところを、おじいが捕まえたわけさ。あまりにも大きいので、それを担《かつ》いで帰るのがまた一苦労でな。村に着いた頃は、もう日が暮れかかっていたけれど、村の者皆がびっくりしてなあ。ウイヌシマの人たちも見に来てなあ。アンヤサヤー、ウイヌシマの人たち皆に肉を配ってもまだまだ余るほどに大物だったなあ。そうだったよな、おばあ。」

源助は、タエに相槌を求める。タエは、うさんくさそうに首を横に振りながら太一に話しかける。

「あのね、おじいはね、お父を一人だけ山に残して帰って来たんだよ。お父は一人で、ずっと遠い山から帰って来たんだよ。かわいそうにね。太一と同じぐらいにまだ小さかったんだよ。」

「わしが、帰れと言ったんだ。」

「それでもね、あんな遠い山から一人で帰すなんて……。」

「源太は、ワラビだったが、とてもガーヅーサン（我慢強い）ワラビだった。源太は、小さかったけど、山のことはよく知っていた。わしは、自信があった。だから一人で帰したんだ。」

お父は、笑いながらおじいとおばあのやりとりを聞いている。お父が、源助じいの湯飲みに泡盛を注ぐ。源助じいは、お父が注いだ泡盛を、ぐっと飲み干した。太一の頭の上で、源助じいの喉がごくっと鳴る。源助じいの吐く息から泡盛の強い匂いが、膝に座っている太一の顔にも降りかかってくる。

「太一、お前もお父みたいなガーヅーサンワラビになれよ。そうすれば、お母みたいなチュラカーギー（美人）な嫁さんをもらえるぞ。」

源助じいは、笑いながら太一の口元に泡盛の入っている湯飲みをあてがう。太一は、お父を見た。お父は、笑っている。太一は、それを見て源助じいの泡盛を少し口に含んで、おじいみたいにごくんと飲んでみた。

「アリィアリィ、おじいは、もう……。」

慌てて、タエおばあが、おじいの膝から太一を抱き寄せる。太一は顔をしかめ、目を白黒させている。皆がその太一を見て大声で笑った。

源助じいが、笑いながら太一に言う。

「太一、明日はおじいと一緒に猪狩りに山に入ってみるか。」

太一は、びっくりした。嬉しくなった。思わず源助じいに聞き返す。

「本当、おじい。本当ね。」

源助じいは、黙っている。源太の顔を見ながら言う。

「アンヤサヤー……、さあ、どうしようか。」

お父が、にこにこしながら、おじいと太一を見つめている。源助じいは、言ってしまった後で頭を掻いている。お父もおじいみたいに、ごくりと喉を鳴らして泡盛を飲んだ。

「お父、行ってもいいね。ね、お父……。」

源太が、黙っておじいを見る。

「さあ、太一、もう寝ないといけないよ。」

お母が、タエおばあの膝に座っている太一をせかす。太一は、もっと、おじいの話を聞いていたいと思う。

おじいが、太一に言う。

「お父と相談してからな、太一……。いつかは、必ず連れて行くから、もうちょっと、待っておれ。」

仕方がない。おじいとお父が山に連れて行ってくれる日まで待つより仕方がないだろう。

太一は、立ち上がって美代の寝ている所まで歩いて行って傍らにごろんと横になる。お母に「寝なさい」と言われて、急に眠くなったような気がする。

太一のうつろな目に、庭のユウナの木が見える。花が一輪、ぽとりと音をたてて地面に落ちた。枝々で満月に照らされたユウナの花が、時折浜風を受けてきらきらと輝いている。まるで黄金のカップのように見える。その黄金のカップを見ながら、やがて太一は眠りに落ちていった。

4

静江は、幸福だった。胸いっぱいに朝の新鮮な空気を吸うと、辺りに漂っている自分の幸福を皆吸い込んでしまったのではないかと思われるほどに幸福だった。思わず苦笑して、辺りを見回した。

辺りは、まだ薄暗く朝靄《あさもや》がかかっている。この松堂の家では、やはり静江が一番に早起きだ。たまに、姑のタエが早く起きることもあるが、源太のもとに嫁いで来てから八年、静江は姑よりも早く起きることを鉄則のように守ってきた。朝、競うように起きていたタエも、そのことに気づいてからは、もう静江に朝の家事は任せっきりである。

静江は、嫁ぐ前に実家の母から、そのことを嫁のなすべきことの一つとして強く守るように言われてきた。しかし、それ以上に、夫の胸元で身を縮めて眠っている自分の姿を、家族のだれかに見られるのが恥ずかしかった。朝、姑が自分よりも早く起きていると、顔を合わせるのがとても辛かった。松堂の長女の米子と入れ替わるように嫁いできた静江には、米子のぶんも頑張らなければという気負いもあった。それが二合ムイをした後、すぐにニービチをも済ませてくれた源助やタエへの恩返しだとも思っていた。源太に対するお礼だとも思っていた。太一、美代と次々と子供たちも生まれたが、二人とも源助やタエにはもちろん、梅子や辰吉にも精いっぱい可愛がってもらっている。何一つ不満はなかった。

静江は、昨夜も源太の傍らでそっと身を縮めて眠った。源太は、すでに寝入っていたが、静江は傍らで嗅ぐ夫の匂いがたまらなく好きだった。年甲斐もなくと思うこともあるが、夫の手のひらに自分の手のひらを重ねて指を交差させて握りしめ、合わせた夫の手の甲を自分の身体に当てて眠るのが静江の癖だった。そうしていると、夫の温《ぬく》もりが伝わってくる。自分と夫はしっかりと結ばれているような気がするのだ。昨夜もそのようにして眠った。

夫は無口だが、夫の優しさは若い頃からちょっとも変わらない。さあ、もうすぐ夜が明ける。皆が起きるまでには、朝食の準備をしておかねばならない。静江は、火照《ほて》った思いに、思わず恥じ入って一人苦笑した。どのくらいの時間ぼんやりしていたのだろう。

慌てて頬に両手を当てて、ぱんぱんと二度叩き、それから指先で瞼《まぶた》を擦《こす》って気を取り直す。

竈《かまど》に薪を入れて並べる。鍋には、昨日洗っておいたサツマイモが入っている。並べた薪の下に、松の枯れ葉を滑り込ませて火をつける。少し煙は出るが、松の枯れ葉が最も火つきがよい。薪に火が移ったのを確かめる。

それから、静江は竈を離れて外に出た。水桶と天秤棒を手に取る。二つの水桶を、両手を広げた長さほどの天秤棒に吊るしてバランスを測る。腰を折って天秤棒を担ぐ。空の水桶が静江の前後で揺れる。それを手で押さえながら、楚洲川に向かって歩いた。

楚洲川では、朝の早い主婦たちがすでに水を汲み始めていた。

「あれ、まあ珍しい。静江、今日は遅いんじゃないの。静江は、もう家に戻ったんだろうねって、今、皆と話していたところだよ。」

先に来ていたトシ子や苗やトキが、声をかける。たしかに、昨晩は源助じいの昔話を聞いて夜更《よふか》しをしてしまった。朝も、ついぼんやりしてしまった。もちろん、そんなことは言っていられない。静江は、曖昧な返事をして急いでその場を立ち去る。朝は、主婦たちは、だれでもが忙しい。声をかけたトシ子や苗やトキだって、こちらの返事を聞くこともなく立ち去ってしまっている。

大きな太陽が、ゆっくりと太平洋の水平線を昇り始めている。太陽が顔を出すと、あっという間に朝靄は晴れるはずだ。一日が始まるのだ。静江は、水桶に汲んだ冷たい新鮮な水を手で掬って一口飲んだ。それから、水桶に付いた縄に天秤棒を通すと、腰を降ろして肩に担ぎ、勢いよく立ち上がって歩き出した。

家に着くと、姑のタエが起きていて、竈の前に座っていた。タエは、朝起きると必ず一度は竈の前に座らないと気が落ち着かないという。若い頃からの習慣だそうだ。ささやかな習慣ではあるが、だれでもそれぞれに心安らぐ場所があるのだろう。タエにとっては、その場所がここなのだ。

「静江、早く起きたのう。」

タエが、水を汲んで来た静江に優しく声をかける。そして、ゆっくりと火の具合を見ながら薪をくべる。

「おばあ、おはよう。今日は、私は寝過ごしてしまいましたよ。火の加減、よろしくお願いしますよ。」

静江は水桶を降ろしながら、タエに挨拶する。タエは、静江を見ながら若い頃の自分を思い出す。自分も若い頃は、静江のように姑の前で気を張って生きてきたのだろうか。それにしてもよく働く嫁だ。静江が来てからは、台所仕事はすべて任せている。朝一度、この竈の前に座ることだけは、静江にも許してもらった。身を乗り出し、竈の中の薪を中へ押し込む。しばらくするとまた勢いよく火が燃え始める。

静江は、タエが火の具合を見ている間に、簡単なおかずと味噌汁をつくる。味噌汁は、サツマイモの新芽を入れただけの粗末なものだが、小さい頃から村の者は皆この汁を飲んで育ってきた。

おかずには黒糖と酒で漬けた瓜の漬けものがある。棚の奥にしまってあるソーメンに目をやるが、今晩の味噌汁に入れようと思って諦める。もう残り少なくなっているが、美代の大好物だ。いつでも腹いっぱい食べさせてやりたいと思うが、そう贅沢も言っておられない。

食事の準備ができ上がった頃、梅子が起き出してくる。その頃には、もう舅の源助も、夫の源太もすでに起きている。そして、朝の涼しいうちにと、簡単な仕事を始めたり、近くの畑を見回りに行ったりして一汗かいて戻って来る頃だ。

美代と太一を起こす。太一は、この春に楚洲国民学校初等科の一年生に入学した。学校にも意外と早く慣れてくれた。登校には、隣の吾作たちがいつも誘ってくれるから心配はない。二人とも眠そうな目を擦りながら川の方へ行く。顔を洗いに行くのだが、それよりも、朝一番の川遊びに行くと言った方がいいのかもしれない。川は、子供たちにとって、いつでも格好の遊び場のようだ。

初夏、庭にはユウナの花が咲き出している。裏庭を覗《のぞ》くと源助じいが薪を割っている。静江は、声をかける。

「おじい、お茶が入りましたよー。」

源助は、額の汗をぬぐいながら静江に答える。

「ありがとう、静江ー。ダア（どれ）、辰吉が薪割りを怠けているから薪もなくなってしまった。今朝も見えないいんだが、どこへ行ったんだろうか。昨日の晩は、どこで眠ったのだろうか。困ったもんだ……。」

源助じいが何を言っているのか、話の後の方は聞き取れない。

静江は、笑って再び土間に戻ると、サツマイモを煮ている大きな鍋の蓋を取った。竈の火はすでに取り除いてある。蓋を取り上げると、一気に湯気が舞い上がる。ふっくらと煮えたサツマイモが鍋の底に並んでいる。それを手で摑《つか》んで木の盆に乗せる。それを見て、タエが、びっくりしたように声をかける。

「静江、手で摑むと熱くないか。まだ湯気が立っているよ。」

「おばあ、心配ないよ。慣れてしまって何ともないよ。」

静江が笑って答える。タエは、それでも合点《がてん》がいかず、静江が渡してくれたサツマイモに手を触れてみる。熱い。すぐに手を引っ込めて、もう一度静江を見る。

「静江、まだ熱いよ。火傷《やけど》はするなよ。」

タエは、怪訝《けげん》そうな顔で声をかける。それから腰を上げ、静江を再び見た後、盆に乗せられた芋を座敷に運んで行く。

「ありがとう、おばあ、心配ないよ。」

静江は、タエに礼を言って、味噌汁を椀に注ぐ。そういえば、この松堂へ嫁に来た頃は、サツマイモの煮え具合を確かめるのに、湯気の立っている芋に箸を突き刺したものだ。それがいつしか指で押して確かめるようになり、今では湯気の立っているサツマイモを手で掴まえて確かめるようになっている。忙しさゆえにそうなったのだろうか。それとも本当に熱さに慣れてしまったのだろうか。静江は、不思議に思いながら、いつ頃からそうしたのかを思い出そうとした。しかし、思い出すよりも早く、梅子が土間に入って来た。太一や美代も一緒に、賑やかに帰って来た。

ユウナの木の間からは、辰吉が眠たそうな目を擦りながらやって来る。もう初夏だというのに寒そうに肩を竦《すく》めている。静江と目が合うと照れくさそうに笑って、すぐに座敷に上がった。これで全員集合だ。静江が思った通り、夫の源太も、もう居間に座って煙草をくわえ、源助じいと話をしている。さあ、今日一日が始まるのだ。

皆が食事を取り始めたのを見届けると、静江は、ほのぼのとした幸福な気分になる。

静江は、その幸福な気分に浸《ひた》りながら、美代のそばに座って静かに微笑んだ。

5

楚洲の海は、湾状に中央がへこみ、その分、両端が海の方にせり出して、静かな内海を形造っていた。遠方には、その内海に蓋をするように珊瑚礁《リーフ》が横一線に帯状に連なっていた。干潮になると、珊瑚礁は一斉に浮き上がり、周辺に豊かな漁場を作った。貝や魚など、無尽蔵とも思えるほどの海の幸の宝庫であった。

珊瑚礁には、干潮時になると村の北側の岬から、わずかに膝頭までを海水に濡らしただけで、子供でも歩いて渡ることができた。村人は、そこを渡って珊瑚礁に棲みついている豊富な魚介類をいくらでも手にすることができた。しかし、満潮時には、その場所は、他の場所よりも早く深く海底に埋没し、流れが激しくなる危険な場所でもあった。だから、子供たちだけでは、沖の珊瑚礁に渡ることは固く禁じられていた。獲物に気を取られて潮の満ちるのを忘れることがあることを恐れたためである。

初夏には、その珊瑚礁の周辺に「スク」と呼ばれる小魚の群れが寄り、村人は競って海へ入り、その魚を掬った。「スク」は、塩漬けにして一年中保存が効き、貴重なおかずになった。また「マービ」と呼ばれる大魚が群れをなして寄ってくることもあった。その群れを見つけた時には、村の中央に吊り下げられた鐘が打ち鳴らされ、村の男衆は総出で海へ入り、雄壮な「マービ狩り」が繰り広げられた。

村の北外れには唯一人、サバニ（くり舟）をもったヒジャイヤーのヤッチーと呼ばれる男やもめが住んでいた。マービ狩りには、そのヒジャイヤーのヤッチーのサバニを出し、魚網を積み込んで沖へ出る。貧弱で短い魚網ではあったが、それを一直線に海底に張り、そこに魚が突き当たるように、海に飛び込んだ男衆が、手で海面を叩いて大きな波音を立てながら周りから魚を追い立てていくのである。それだけで、不思議なほどにマービは大量に獲れた。

獲物は、すべて各家庭に平等に配られ、その日は、夜遅くまで浜辺は賑わった。新鮮な刺身に舌鼓を打ちながら、大人たちは泡盛を酌み交わし、子供たちは子供たちで、捨てるほどに手に入ったマービを家から持ち寄って浜辺に即席の竈を作り、鍋に入れて炊き込んで、仲間同士で食べて楽しい一時を過ごした。

辰兄ィが、約束通り海に連れて行ってくれると太一に告げたのは、マービ狩りが終わり、真っ青に澄み渡った空が何日も続いた夏の日のことだった。

太一は、何度も何度も浜辺に出て沖を眺め、潮が引くのを今か今かと待ち続けた。嬉しくてたまらなかった。珊瑚礁に渡るのは初めてのことだ。今日は美代が一緒ではない。どこへ行くにも付いて行きたがる美代を置いて、辰兄ィと二人きりである。それだけでも太一は、なぜか大人になったような気分になった。

辰兄ィは、縁側に座り込んで、漁に出かけるための小道具の準備を始めていた。水中メガネのゴム紐を点検し、銛《もり》の切っ先を磨いている。太一は、その傍らで辰兄ィの仕種を覗いては、すぐに浜辺に出て潮の引き具合を確かめ、また戻って来るという落ち着かない動作を、何度も繰り返していた。

辰兄ィが、魚を釣る仕掛けを作り始めた。テグス（釣り糸）に釣り針を括《くく》り付け、それから釣り糸の先端を強く嚙《か》み、もう一方の糸を握りしめてぐいと引っ張る。そのようにして仕掛けは、すぐに十本ほどでき上がった。そのうちの一本を太いモトイト（基礎糸）のテグスに結び、四角い骨組みだけの木枠材に、繰り糸を繰るようにくるくると巻き付けた。

「太一、これはお前のものだ。」

辰兄ィが、笑いながら太一に言う。

「これを、珊瑚礁の深い割れ目に垂らして大きい魚を狙うのだ。頑張れよ、太一。」

辰兄ィが、その仕掛けを渡してくれた時、太一は、はやる心を抑えきれなかった。しかし、辰兄ィの分は仕掛けを作らないのが不思議で聞いてみた。

「辰兄ィは、なんで魚を捕るの。」

「俺は、銛……。」

辰兄ィが、身を乗り出して目で壁に立ててある銛を示した。そして、準備はすべて完了したとでもいうかのようにごろっと横になった。

太一は、また庭に下りて海を見に浜辺に走った。

昼前になって珊瑚礁がくっきりと沖合に浮かんだ。波が珊瑚礁に遮られて、線を引いたように白いしぶきを上げている。そこを境界にして、後方に群青色の海が広がり、手前には、静かで透明な海が輝いている。海水の透明さゆえに、海底の珊瑚礁の色が海面に浮かび上がり、緑色をはじめとして無数の色が踊っている。時折、雲の影が海面に映り、さっと流れるように走っていく。太一は、心踊らせて家へ戻り、辰兄ィに潮が引いたことを告げた。

縁側に寝転がっていた辰兄ィは、起き上がると地下足袋《たび》を履き、銛を持った。

「さあ、太一、行こうか。」

そう言うと、さっさと歩き出した。お父もいない。お母もいない。美代も梅子ネエも源助じいもいない。太一は、見送る者がいなくて少し淋しい気がする。タエおばあだけが台所にいる。太一は、小さな魚籠《びく》を持ち、釣り道具を持って台所に回り、タエおばあに声をかける。

「おばあ、行ってくるよ。」

「待て待て、太一。芋がすぐ煮えるよ。食べてから行きなさい。」

おばあが慌てて鍋の蓋を開ける。白い湯気がぱーっと上がり、一瞬おばあの姿を隠す。太一は、それを見て慌てて返事をする。

「いいよ、おばあ、帰ってから食べるよ。」

太一は、とても待てそうにない。それに辰兄ィは、おばあの言葉に耳を藉《か》さず、さっさと歩き出している。

「おばあ、いいよ。行くよ。」

そう言うと、太一はおばあの止める声を振り切って、辰兄ィを追いかけた。

珊瑚礁の浮かぶ沖合の海は、太一の予想以上に美しかった。色とりどりの魚が泳ぎ、極彩色を有した名も知らない大小の無数の生き物が、太一の目を至る所で釘付けにした。辰兄ィは、釣りの餌にするウニを数個集めると、それを割り、刺《とげ》のない柔らかな口の部分に釣り針を刺すと珊瑚礁の割れ目の前に行き、テグスをゆっくりと引き伸ばし、海底深く垂らし始めた。そして、しゃがんだままでしばらく待った。太一も、辰兄ィの傍らで、声を出さずにじっとしゃがんでいた。すぐに辰兄ィの右手が、素早く大きく動いた。反応があったのだろう。

「太一、掛かったぞ。」

辰兄ィは立ち上がりながらテグスを手繰《たぐ》り、木枠材にくるくると巻き付けると一気に引き上げた。大きな魚が釣り上がってきた。太一の両手に余るほどの大物である。太一は、干上がった珊瑚礁の上で跳ねる魚を見ながらびっくりした。

「イラブチャー。イラブチャーと言うんだよ、この魚は。」

辰兄ィが太一に言う。蒼い海底のような色をした魚である。辰兄ィは、手際よく口に掛かった釣り針を外す。イラブチャーは、あらためて勢いよく跳ねる。太一が、慌てて手で押さえる。辰兄ィは、それを見て笑っている。そして、先端部分だけに針金を括り付けた細い縄紐をイラブチャーの顎から口元に通して持ち上げた。

「今日は、おいしい刺身が食べられるぞ。さあ太一、今度はお前が釣ってみろ。」

辰兄ィは、そう言うと同じように釣り針に餌を付け、太一にそれを渡す。

「いいな。釣り針が海底に着く手前で釣り糸を出すのを止める。そのままの状態で魚が喰い付くのを待つ。喰い付いたらぐぐーっと感触が指先にくる。その瞬間を引き上げる。分かったな。」

辰兄ィは、それだけ言うと煙草を出して旨そうに吸った。太一は、辰兄ィに言われた通り珊瑚礁の割れ目の前にしゃがみ、そこから海底に向かってゆっくりと糸を伸ばした。足元の海底には、魚が群れているのが太一にも見える。しばらくして、ぴーんと糸が張る。指先に糸が食い込む。

太一は、慌てて立ち上がり、釣り糸を巻き上げる。

「太一、いいぞ。」

辰兄ィが走り寄って来る。引き上げると、辰兄ィに負けないくらいの大物だ。

「太一、やったな、すごいぞ。」

辰兄ィは、そう言いながら釣り針を外す。

太一は、もう嬉しくてたまらない。思わず村の方を見て、

「お母、やったぞ。」

と、心の中で叫ぶ。早く自分が釣った魚を見せてあげたい。その興奮を持てあまして辰兄ィに言う。

「辰兄ィ、これもイラブチャーだね。」

「そうだ。太一、お前は、やっぱりいいウミンチュになれるぞ。」

辰兄ィが、そう言いながら太一を見上げる。太一は、再び胸を張って村の方を見た。海を渡る風の匂いが太一の鼻を甘くくすぐった。真夏の太陽は、ぎらぎらと燃えるように強く照りつけていた。

辰吉は、やがて釣りを太一に任せ、服を脱いで乾いた珊瑚礁の上に置き、水中メガネを掛けて海に潜った。手には長い銛を持った。銛には、柄の後方にゴムチューブを括りつけている。これを力いっぱい引っ張って放すと、銛は水中を矢のように走って狙った魚の胴体を刺し貫く。辰吉には釣り以上にスリルがあり、またこの方法が素早く大量に魚が獲れることを知っていた。

太一は三匹めの魚を釣り上げた後、自分も辰兄ィのように深い珊瑚礁の割れ目の上を泳いでみたいと思った。仕掛けを巻き上げると、辰兄ィに作ってもらった水中メガネを掛けて、海の底を覗いてみた。太陽の光が海中を飛行機雲のように走っている。大小の色とりどりの魚たちが悠々と泳いでいる。しかし、深みは、底が見えずに静まりかえっている。

太一は、初めて見る神秘な海の魅力に不思議な感動を覚えた。魂が吸い込まれるような思いだった。不気味な恐怖さえ覚えた。同時に、この海の上を一人で泳ぐことが、大人になることなのだと不思議な誘惑をも覚えた。対岸までの距離をもう一度確かめる。それから、思い切って足元の珊瑚礁を蹴って、身体を力いっぱい海面に伸ばした。

太一が、辰兄ィと一緒に、海からの獲物を持って家へ帰ってみると、家にはだれもいなかった。タエおばあもどこへ行ったか見当たらない。太一は、自慢話をあれこれと話したくてうずうずしていた気持ちがはぐらかされて、がっかりした。

それから、太一はヒジャイヤーのヤッチーのことを思い出した。気を取り直し、ヤッチーに自分の初めての海での体験を話すためにそこへ向かった。

ヒジャイヤーのヤッチーは、村の北外れの小さな茅葺きの家に一人で住んでいた。太一ら子供たちは、ヤッチーが大好きだった。

ヒジャイヤーのヤッチーは、たぶん五〇歳を過ぎていただろう。身体が不自由で、足を引きずり、右手首から先はもぎ取られてなかった。どうしてそのような不自由な身体になったのか、太一には分からなかった。

ヒジャイヤーのヤッチーは、若い頃、南洋のサイパン島に渡って漁業をしていたことがあるという。そこでは、自分の船を数艘も持ち、大層贅沢な暮らしをしていたという話を聞いたことがあったが、それ以上は知らなかった。村では左利きのことを「ヒジャイヤー」と言ったので、左手一本だけですべてをやりこなすおじいさんということで「ヒジャイヤーのヤッチー」と呼びならわしていたのではなかろうか。大人たちの呼び方を、太一ら子供たちもそのまま真似た。

ヒジャイヤーのヤッチーは、子供たちにとっては、サバニを持っていることだけでも充分に羨望の的になっていた。ヤッチーは、身体の不自由なこともあって、激しい労働はほとんどせず、家にいるか、もしくは海の上で悠々とサバニを操っていた。海に行かずに家にいる時は、庭にムシロを敷いて竹を削り、籠を作っていた。その籠や、捕ってきた魚や蛸を、村の主婦たちに分け与えて必要な品々を得て生活をしていた。

太一がヤッチーの家に着くと、ヤッチーは庭の木の陰にムシロを敷いて竹を削っていた。太一は、ヤッチーに向かい合って座り、しばらくその手付きに見蕩《みと》れていた。ヤッチーは、左手一つで鮮やかに竹を削っていった。右の膝に割った竹を乗せ、不自由な右手でそれを押さえ、そして左手に持った鎌で竹肉を削り取った。しゅる、しゅるという音を小気味よく発して、竹肉は捲《めく》れ上がった。

太一は、ヒジャイヤーのヤッチーの手捌《てさば》きを見ながら、内心は、早く海での出来事を話したくてたまらなかった。

庭のみかんの木に吊り下げられている鳥籠の中のめじろが、一声大きく鳴いた。それを合図に、太一は、勢いよく、ヤッチーに海での出来事を話し始めた。海で釣った大きなイラブチャーのこと、初めて底が見えないほどの深い海の上を泳いだこと、珊瑚礁やイソギンチャクや美しい熱帯魚や、得体の知れない生き物の数々……。

太一は、話すほどに興奮していった。ヤッチーは、竹を削る手を休めることなく、うんうん頷きながら黙って、太一の話に耳を傾けた。

太一は、得意になって話し続けた。

「ヤッチー、本当に一人でイラブチャーを釣ったんだよ。」

「ヤッチー、本当に一人で深い海の上を泳いだんだよ。」

ヤッチーは顔を上げ、太一を見て笑いながら言った。

「そうか、そうか、偉いぞ太一。わしも小さい時から海が好きでなあ。それで、今でもウミアッチャー（漁師）をしているさ。でも太一、一人で深い海で泳いでは駄目だぞ。海に行く時は、いつも辰兄ィと一緒に行くんだぞ。いいな。いつでも海には、気をつけるんだぞ。」

ヤッチーは、そう言うとまた黙って竹を削り始めた。

太一も、黙ってまたヤッチーの手捌きを眺めていた。しばらくして、急に太一は、ヤッチーの右手は、南洋で鮫に食べられたのではないかと思った。珊瑚礁の沖の深い海には人喰い鮫がいると聞いたことがある。そう言えば、ヤッチーの右手は鮫に喰われたと聞いたことがあったような気もする。海中での壮絶な鮫との戦いを思い浮かべながら、太一は、あらためてヤッチーの右手首を見た。

ヤッチーは、相変わらず黙って竹を削り続けた。いつの間にか膝の周りには、削られた竹肉が柔らかい白い綿のように積み上げられていた。

みかんの木の枝に吊り下げられた籠の中のめじろが、再び、「チュウーイ、チュウーイ、チュルチュルチュルチュル……」と、声高く鳴き出した。

太一は、その声を聞きながらふと、お母も美代も、もう帰って来ているかもしれないと思った。太一の獲った魚を見て今頃はきっとびっくりしているだろう。そう思うと、すぐに家へ帰りたくなった。

太一は、立ち上がってヤッチーに合図をすると、我が家へ向かって駆け出した。

6

「静江は少し働きすぎるんじゃないかねえー。何かしら、髪も薄くなってきているみたいよー。」

と、向かいに座っているトキが言う。

「そう言えば、そうねえー。静江ネエは、頑張り屋だからねえ。疲れが溜まっているんじゃないの。顔色も、あまりよくないみたいだし……。」

と、トシ子が言う。

村の女たちは、いつの頃からであろうか。自分より年上の者に対しては名前の下に、「ネエ」を付けて呼んでいる。「ネエ」と言うのは「姉」のことを指す言葉だが、しかし血縁関係がなくても皆、「ネエ」と呼ぶ。静江たちも、だれから教わったわけではないけれども、互いにそのように幼い頃から呼び合ってきた。たぶん、年上の者に対する尊敬の念と親しみの意を込めてそのように呼ぶようになったのではなかろうか。

「カサギティドゥウンテェー（妊娠したんじゃないの）」

と、苗が言う。

「そうだねえ、静江たちミートゥンバ（夫婦）は、夫婦仲がいいからねえ。羨ましいさあ。だけど、静江ー。あれは、毎日すると疲れるよ。」

と、茂子が笑いながら皆を見回して、一人で奇妙な相槌を打つ。

「あれまあ、あんた、あれは女は疲れないよ。あたしなんか全然疲れないよ。なんてまあ、疲れるもんかね。」

トシ子が、頓狂な声を上げて言う。

「えー、トシ子、あんたはいい体格をしているんだから疲れないよ。あんたは、間男をつくって毎日しても疲れないいんじゃないの。ほんとにまあ、こんなに大きな尻をして……。」

「あれ、この苗ネエは、人をばかにして……。」

女たちの大きな笑い声が、狭い飯炊き場に響き渡る。

今日から、苗の家の茅葺き作業が、ホンムラの者総出で始まった。古くなった茅に、新しい茅を刈り取ってきて継ぎ足し、補修するのだが、それでも大変な作業になる。ホンムラの男たちは、特別なことがあって都合がつかなかった者を除いて、皆が山に入った。たっぷり今日一日の作業になるだろう。

村人たちは、「ユイマール」といって、何か村で共同の大きな作業をする時は、皆が力を合わせ、無料奉仕をする。それは個人として必要な場合でも、村全体として必要な場合でもそうである。よほどの事情がない限り、皆で協力して事に当たる。今日の苗の家の茅葺き作業も、村の者皆が集まって手伝っている。

男たちが、山に茅刈りに入っている間、女たちは昼食の準備である。苗の家が作業場になるので、苗の家に最も近いトシ子の家の土間を借りて、大きな鍋を据えて、先ほどから昼食の準備をしている。女たちは、久しぶりにのんびりと一堂に会した楽しさからか、話が賑やかに弾んで、明るい笑い声が絶えることがない。卑猥な話も飛び交う、女たちのいっときの無礼講である。

しかし、静江は、先ほどから自分のことが話題になっているのが、少し気になっていた。苗が言うように妊娠したせいだとは思う。まだ夫の源太にも話していないけれども間違いはない。月のものもなくなった。源太と静江にとっては三番めの子供になる。太一と美代の喜ぶ顔が目に浮かぶようだ。しかし、今回はどこか身体の調子が違う。トシ子がいうように、眉や髪の毛が少し多めに抜け落ちるような気がする。そればかりか、顔もむくんできた。時々、頬の筋肉が痙攣することもある。これまでには、そんなことは一度もなかった。もうそんなに鏡を見ることはなくなったが、今日は帰ったら鏡を出して見てみよう。それに、どうも手足が腫れぼったい。指が、骨太になったような気がする。気にすると、次から次へといろいろなことが気になってくる。トシ子や苗は、冗談のつもりで言ったのだろうが、少し気になってきた。

静江は、鍋の中の雑炊を掻き混ぜながら自分の手を見る。やはり節くれだった男の手のように見えてくる。静江は、思い切ってそのことを言う。

「ねえ、皆。やはり私は働き過ぎかねえ。この頃、男の人の手みたいに指が太くなってきているみたいだが、気のせいかねえ……。」

言い出した後で、静江はすぐに「しまった。言うのではなかった」と後悔した。しかし、もう遅い。これまで卑猥な話にげらげら大きな声で笑っていた皆が、急に静かになって静江の方を見る。

「どれ、見せてごらん。」

苗が、静江の手を取って輪の中へ引っ張っていく。皆が、静江の手に見入る。しばらく沈黙が続いた後、苗が口を開く。

「まさかとは思うけれど……。まさかねえ。」

「どうしたの、何がまさかなの……、苗ネエ。」

トキが、苗をせかす。苗が、静江の顔を見ながら、意を決したように話し出す。

「まさかとは思うけれど……、ナンブチ（ハンセン病）ではないだろうねえ。」

「まさか……。」

と、皆が声を揃えて大げさに驚き、顔を見合わせて笑う。もちろん、静江もびっくりする。「ナンブチ」と聞くと、静江はこの村の源太の嫁に来る前、自分の生まれた村で、村の皆から「ナンブチおばあ」と呼ばれていた「ナベおばあ」のことを思い出す。いつもよれよれの服を着て、一人、村外れにある海岸沿いの洞穴に住んでいた。身寄りはだれもいなかったように思う。静江たち子供は皆、そこへ近づくことを親たちから禁じられていた。

しかし、一度だけ、静江は友達の嘉代やマツと一緒にナベおばあを盗み見に行ったことがある。その時のナベおばあの顔は、今も忘れられない。むくんだ顔に爛《ただ》れた唇、抜け落ちた眉毛、指先のない手、曲がった腰……、静江たちは、子供ながらも、決して老いからだけではないナベおばあのそのような姿に、恐怖を覚えて逃げるようにして帰ったものだ。お父にそのことがばれたらどうしよう。ひどく叱られるのではないかと、数日間もびくびくしていたことを思い出す。

ナベおばあはその後間もなく、その洞穴で死んでいるのが発見された。村の大人たちがそのまま洞穴で荼毘《だび》に付し、住んでいた洞穴の入り口を石を積んで塞《ふさ》いでしまった。まだ一〇歳を過ぎたばかりの幼い静江たちには、周囲で起こっていることがよく分からなかった。しかし、大人の話に聞き耳を立てながら、何か恐ろしい出来事が村に起こったのだと、怯えながらも嘉代やマツらと噂し合ったものだった。

苗も静江と同じく、隣の安田《あだ》村からこの楚洲の村に嫁に来た。静江より一〇歳も年上の苗は、ナベおばあのことをもっと詳しく知っているに違いない。

「嘘でしょう、苗ネエ。人を心配させて、この苗ネエは……。」

トシ子が言う。

「ナンブチと言ったら、大変なことでしょう。」

と、皆が笑う。笑うことで、皆は不安を打ち消しているようにも思われる。

「そうだね。静江、心配しないでね。」

言い出した苗も大きな声で笑う。

しかし、皆は、十数年前の昭和六年、羽地《はねじ》村で起こった「嵐山《あらしやま》事件」のことを思い出している。

嵐山事件は、この山間《やまあい》の楚洲村まで伝わってくるほどに人々の耳目を集めた事件だった。村人には、おそらく正確にはその事件の全貌は伝わっていなかったかもしれない。しかし、逆にそのことによって、事件を誘発した病いの恐怖だけが誇張して伝えられ、人々の心に深く刻まれたとも言えるだろう。

嵐山事件というのは、県がハンセン病療養所を羽地村の嵐山に建設する計画を立てたのに対して、地元住民が反対運動を起こした事件のことである。反対運動は、県当局がこの計画を地元への相談なしに秘密裡に進めたことへの反発から起こされたと言われている。反対運動は村民全体に広がり、県当局へ計画を撤回するよう数回の陳情が行われたが、県当局はその計画を変える意思を示さなかった。そこで実力阻止の実践行動が取られたのである。隣村の名護《なご》、今帰仁《なきじん》村をも取り込み、さらに大宜味《おおぎみ》村の若者をも取り込んで運動は大きく盛り上がる。

昭和七年に入ると、三町村合同反対大会が嵐山現地で行われる。約二万人の大衆がムシロ旗を押し立て、銅羅《どら》や太鼓を叩いて名護へ繰り出し、名護警察署を取り巻いた後、羽地村役場へ戻るという示威行動を展開する。県当局は、なおも弾圧、強行の態度に出たので村長はじめ、役場吏員、各字区長、議員らが総辞職をして行政機能が麻痺。県は、これに対して役員を派遣し行政機能の回復を図ろうとしたが、村民はさらに税金不納同盟、学童の同盟休校などをもって不服従の態度を示した。

一方、嵐山では、工事現場が荒らされ、村役場には反対同盟の団員が押しかけ、県当局派遣の役員を脅迫したなどとされ、県下の警官が動員され一〇〇人余の大検挙が行われた。そして十余名が起訴され、懲役刑や執行猶予の判決を受けた。県当局は、この間に嵐山における療養所建設計画を放棄したのでここに事件は終息した。

この事件は、地域社会の利益と行政方針とのぶつかり合いが、地域の共同体的結束を刺激し、さらに当時の社会主義運動と連動して強力なエネルギーを生み出した事件として、沖縄の社会主義運動史に位置づけて考えることができると言われている。しかし、同時に、人々の病いに対する偏見と恐怖心が、大きなエネルギーを生み出す源泉ともなったはずだ。

今日では、「ハンセン病」は不治の病ではなく、完治させることができる。また、外来治療や在宅治療制度が認められ社会への復帰もなされている。

しかし、当時は違った。国は、明治四十年「癩予防法」を成立させ、府県立連合の療養所をつくり、予防処置として隔離政策を行う。「癩は恐るべき伝染病」という国の宣伝が、民衆の恐怖心を必要以上に煽りたてたのだろう。民衆は、ただひたすら病者を忌み嫌って除《の》け者にした。

苗やトシ子、そして円座した村の女たちには、嵐山事件の記憶は恐ろしい伝染病という病いへの恐怖とともにだけ蘇《よみがえ》ってきたと言っていい。

「そうだねえ、静江。心配しなくてもいいよ。何でもないよ。」

言い出した苗が、大きな声で笑う。

「どれ、静江ネエ、私が代ろう。」

トシ子が雑炊を掻き混ぜるために静江が握っていた杓子《しゃくし》を取り上げて、鍋の前に座る。

「シワサンケー（心配するな）、静江。何でもないよ。」

「静江、大丈夫だよ。ヌウンアランサ（何でもないよ）。」

トキも茂子も静江に言う。しかし、言われる度に、なぜか静江の不安はだんだんと大きくなっていく。ナンブチになると、熱さに鈍感になると聞いたことがある。先日、湯気の立っている熱い芋を手で触れて、タエおばあに不思議がられたことを思い出す。自分には、すでに症状が出ているのだろうか。不安が増してくる。そして、その不安は、男たちが掛け声を上げながら茅を担いで戻って来るまで、静江の心に重くのしかかっていた。また、それは口では大丈夫だと静江を励ましている苗、トシ子、トキ、茂子にも同様であったろう。それ以後の話題は、何となく気まずく沈みがちで、笑い声も少なくなっていた。

男たちが戻って来ると、女たちはその気まずさを振り払うように一斉に席を立った。急いで茶を入れ、雑炊を椀に入れた。賑やかな笑い声が再び戻り、静江のことはそれっきり女たちの心から消えたように思われた。しかし、静江だけはその思いを消し去ることができなかった。なぜか、夫の源太に雑炊を渡した時、目の前で汗をふく源太が急に遠い他人のように思われて、激しい恐怖に襲われた。それは、これまで一度も体験したことのない大きな不安と心の動揺であった。静江は、夫の顔をまともに見ることができなかった。

食事が済んで一息入れると、男たちは、それぞれの持ち場が決まっていたかのように自然に作業の分担をして、手際よく茅打ち作業が行われた。地上で茅を揃える者、屋根に登り、足場を固定して茅を並べていく者、茅を間に挟んで上と下で掛け声を合わせながら、鋭く先端を削って穴を開けた棒に縄を通し、それを受け渡して茅を強く束ねていく者。苗の夫の徳蔵も、トシ子の夫の釜助も、茂子の夫の盛徳も、トキの夫の栄作も皆、汗を身体いっぱい吹き出しながら作業を続けていた。皆の顔が、生き生きと輝いている。仕事を終えた後の疲れを癒《いや》す、泡盛での酒宴のことを思っているのだろうか。きっと今日は、苗の家族だけでなく、どの男たちにとっても忙しく賑やかな一日になるであろう。源太にも久しぶりに楽しい一日になるはずだ。

静江は、そう思うと屋根の上に登っている源太の方を見た。ところが、源太がいない。どうしたことだろう。先ほどまで屋根の上に登って汗を流していた源太の姿が急に消えてしまった。静江は、胸騒ぎを覚えて危うく声を上げそうになった。慌てて庭を巡って反対側に走って行き、屋根を見上げた。ほっとする。源太は確かに屋根の上にいる。そっと胸を撫でおろす。本当に、どうかしていると思う。危うく悲鳴を上げ、皆の笑い者になるところだった。静江は、自分の不安を恥じ入って少し顔が火照るのを覚えた。

静江は、大きく肩で息をすると、庭で車座になって茅を剪り揃えている女たちの輪に向かって歩き出した。

7

その晩、夕食の片付けを終え、源太も苗の家の宴会から帰って来て家族の皆が寝静まった後、静江は一人、竈の前で火を焚いた。そして、嫁入り道具と一緒に持ってきた手鏡を取り出して、自分の顔を竈の火の灯りにそっと照らしてじっと見つめてみた。やはり、少し歳を取ったかなと思う。源太の所に嫁に来たのが二〇歳になったばかりの頃だった。あれから、八年余が過ぎたことになる。とは言っても、まだ三〇歳にもなっていない。しかし、若いと思って鏡を見ても、疲れは顔のあちらこちらに現われている。額に懸かった髪を手で梳《す》き上げ、自分の顔を念入りに眺める。二人の子供を生み、今また三人めの子供を宿した身重の女——松堂静江が私なんだ。しかし、久しぶりに鏡に映った自分の顔が、どうも今日は自分でないような感じがする。

昼間のことを思い出すと不安になる。もし自分が、本当にナンブチにかかっていたらどうしよう。太一と美代はどうなるんだろう。夫の源太は、この私をどう思うだろう。

子供たちは、まだ小さい。お腹の赤ちゃんは、どうしよう。だれに相談したらいいのだろうか……。

ゆっくりと涙が滲《にじ》んでくる。

急に父や母のことが思い出される。もう長いこと会っていない。元気で暮らしているだろうか。父も母も、もうすぐ還暦を迎えるはずだ。幼い頃、父や母の後を追って山に登り、父の背中で甘えて聞いた、あの嗄《しわが》れた父の声を思い出す。

静江は、懐かしさのあまり、思わず小さな声で父が歌ってくれたわらべ歌を口ずさむ。静江は、この歌が大好きだった……。

ざーちが、あけずー（どこへ行くのか　蜻蛉）
蟹小捕《カニグワトゥ》いが（小蟹捕りに）
蟹小捕って、何《ヌウ》すんが（小蟹捕って　どうするの）
わー姉妹《ウナイ》のにーびち（うちの姉さん嫁入り支度）
いやー姉妹や、何やが（お前の姉さん　だーれ）
はっくんみーの、ちょっちょん小《グワ》（藪の中の鶯）

静江は、最後のところの、「はっくんみーの、ちょっちょん小《グヮ》」と言う節回しが可笑《おか》しくて、父に、何度も何度もこの歌を歌って欲しいとねだった。静江が笑うと、父もまた笑った。そして、父は、せがまれるままに何度も何度も「はっくんみーの、ちょっちょん小《グヮ》」とこの部分を歌ってくれた。

静江は、記憶に蘇ってくる父や自分の仕種が可笑しくなり、苦笑して涙をふいた。悲しいのか可笑しいのか分からなくなった。

ナベおばあのことが、再び思い出される。村の外れで、一人淋しく死んでいったナベおばあには、本当に身寄りがいなかったのだろうか。家族や親戚の者は皆、ナベおばあを一人置いて村を去ったとの噂もあった。また、ナベおばあは、一人でどこからともなく村にやって来て、いつの間にか村外れの洞穴に住むようになったという噂も聞いた。どっちが本当だったのだろう。ナベおばあを荼毘に付した時にも、だれも身寄りの者は来なかった。やはり、ナベおばあは、独り者であったのだろうか。どこからか放浪してやって来て、村に住み着いたのだろうか。どの村でも石もて追われたのだろうか。かわいそうな人だったと思う。同時に、垣間見たナベおばあの爛れた顔を思い出す。

鏡の顔が、霞んで見える。視力が落ちたのだろうか。静江は、目に溜まった涙を袖でぬぐう。ぬぐった袖で鏡をふいて、もう一度鏡を見る。やはり気のせいか、頬と鼻、こめかみあたりにもむくみがある。膿のようなものが内に溜まっているような気がする。気にすると、顔の中にある一つ一つの痣《あざ》や斑点や毛穴までが気になってくる。

気になるものは、この小さな顔の中にさえ無数にある。ただ、気にしなかっただけなのだ。気に留めなくても生きてこられたのだ。それでいいのだ、と静江は自分を励ます。くよくよなんかしておられない。お腹には、三番めの赤ちゃんがいるのだ。節くれだった手でお腹を撫でる。

姑のタエが、いつのまにか起き出してきて背後に立っている。

「チャーサガ（どうしたのだ）、静江……。」

と、声をかける。

「なんでもないよ、おばあ……。明日の芋を炊いているのだよ。」

静江は、慌てて鏡を伏せ、涙をふいて振り返って返事をする。

タエは、土間まで降りてきて、水飲み場の瓶《かめ》の水を柄杓《ひしゃく》で汲むと水を口に含み、手を腰に当てて背伸びをする。

タエは、静江が芋を前日に炊くはずがないことを知っている。朝炊いた温かい芋を子供たちや源太の前に置くことを知っている。ちらっと静江の前の竈を見るが、やはりその上に鍋はない。静江に何か辛いことでもあったのだろうか。しかし、タエは黙ったままで、また土間を跨《また》いで寝床へ戻って行く。

静江は、そのタエの背中に声をかける。

「おばあ、ワラビが、できたみたいなんだが……。」

タエが、ゆっくりと振り返る。

「ワラビができたといって泣くことがあるか。めでたいことだよ。ワラビは、宝だよ。何人いてもいいよ。明日は、源太にもおじいにも言って、喜ばすんだ。太一も美代も、きっと大喜びだよ。明日はお祝いだよ。」

タエは、そう言って、ゆっくりと寝床へ向きを変えるとまた歩き出した。

タエは、静江の涙を誤解しているが、静江には、今はそれが嬉しい。

竈の火は、いつの間にか、ちょろちょろ、ちょろちょろと力無く燃えていた。もうほとんど周囲を照らす勢いはなく、辺りの暗さに溶け込んで静かにその残り火を燃やしていた。

8

静江は、握った鍬《くわ》の手を休め、額の汗を頭に被った手拭いでぬぐい、目立ち始めたお腹に手をやった。もうすぐ七か月になる。そして、もうすぐ今年の夏も終わる……。

太一と美代は、どこへ行ったのだろう。この野菜畑に行く私に、連れて行ってくれとせがんで付いて来たのに、姿が見えない。子供たちは、一人で勝手にどんどん大きくなっていく。いつものように声を出して呼べば、どこからか飛んでやって来るだろう。この辺りの木の陰に隠れているのかもしれない。あるいは近くを流れている楚洲川の河原にでも下りて行ったのだろう。太一は本当に川の好きな子だ。心配することもないだろう。

それにしても……。大きくなったお腹を手で擦《さす》りながら静江は不安になる。お腹が大きくなってくるのと同じように、静江の身体にも異変が起きていた。皮膚には、今まで出たこともない湿疹や斑紋が現われ、手足の指は厚ぼったく腫れて固くなり、いくつかの結節さえできている。これまでの二度の妊娠の時には起こらなかった身体の異変である。そして、予感さえするのだ。数か月前、苗たちの言ったあの病気ではないかと……。やがて、子供が生まれてくるというのにどうすればいいのだろう。本当に私がナンブチであったなら、子供を生んではいけないのではないだろうか。生まれてくる子はどうなるのだろうか。太一や美代は、どんなにか辛い思いをするだろう……。

気のせいか、最近は村人たちさえ。何か私のことを噂し合い、私を避けているように思われる。親しくしていた年下のトシ子などは、明らかに私の姿を見て家へ姿を隠した。太一や美代も、何か二人だけで遊ぶ機会が多くなったような気がするが、仲間外れにでもされているのではなかろうか……。子供たちがかわいそうで、そう考えると胸が締めつけられる思いがする。

静江は涙ぐんだ目で辺りを見回した。目の前の畑の畔道《あぜみち》に植えられている桑の木が風に揺れている。じっと目を凝《こ》らして見ていると、桑の木は、まるで直立している人間のように見えてくる。大きく手を広げ、生きている自らの枝々を揺すっている。畑に植えられている一つ一つの野菜の葉が、奇妙な生き物のように蠢《うごめ》いて見える。見慣れた風景が、突然動き出す。土手のすすきが揺れる。一本一本の樹が、ざわざわと揺れる。山の樹々が、すべて音を立てて波のように揺れている。静江は、押し寄せてくる不安に思わず声を上げた。

「太一ー、美代ー。」

返事がない。木々は相変わらず揺れている。いや、山全体が一斉にうなり声を上げながら襲ってくる。静江は、慌てて鍬を放り出し、大声で叫んだ。

「太一ー、美代ー。」

「太一ー、美代ー。」

まるで、反応がない。静江は、畑を飛び出し、畔道を狂ったように走り出した。そして、ありったけの力を振り絞って二人の名前を呼び続けた。やはり返事がない。どうして、今日に限って二人とも近くにいないのだ。山に飲み込まれてしまったのではないかと、不安と焦りとで、息が切れそうになる。

気が動転した静江の面前に、突然二人が現われる。二人とも、いつもと違う静江の呼び声を聞いて、慌てて河原から駆け登って来たのだろう。肩で息をしながら、怪訝そうな表情で立ち、静江の顔を見つめている。静江は、走り寄って二人の子供をひしと抱きしめた。熱い涙がとめどなく流れてくる。耐えようと思っても耐えられない。美代が、静江の腕の中で苦しそうに首を伸ばしながら顔を上げて言う。

「お母、苦しいよう。」

静江は、強く抱きしめていた手を緩めて涙をふき、二人の顔をあらためて見つめ直す。それから、心の中でゆっくりとつぶやいた。

「お母が、どうなっても、しっかりと生きていくんだよ。いいね、太一、美代、分かるね……。」

太一には、その時、お母の唇が微かに動いて何か自分に話をしているように思われた。そして、それはたいへん重要なことのように思われた。だが、聞いてしまうと自分もお母のように泣き出してしまうのではないかと思い、じっと唇を嚙んでお母のなすがままにされていた。

9

松堂の静江が、ナンブチを患ったらしいという噂は、小さな楚洲の村の隅々まで、あっという間に広がっていった。それは、奥《おく》村の診療所の医者幸喜タンメー（タンメーとは、おじいさんの意だが、奥村や楚洲の人々は親しみと尊敬の念を込めてそのように呼んでいた）が、静江を診察に来たことで、一層噂は真実味を帯びて村人の心に刻まれた。静江は身重の身体で、奥村まで行くことができなかったために、夫に無理に頼んで幸喜タンメーを呼んでもらったのだが、静江の不安は半ば的中した。幸喜タンメーは、ナンブチの疑いがあるとして、一度専門の療養所へ行き精密検査を受けた方がいいと勧めた。

幸喜タンメーが帰った後からは、明らかに村人たちは静江を避けるようになっていた。静江だけではない。松堂の家族の者皆が、何か汚らしいものを見るような目つきで蔑《さげす》まれ、遠ざけられるようになった。静江は、そのことが一番辛かった。夫や家族の者は、決して静江の病気のことを口にせず、以前と同じように優しく静江を見守ってくれていた。静江は、それだけに余計に肩身の狭い思いを抱き続けた。皆が自分を庇《かば》ってくれる無言の優しさに、何度熱い涙で頰を濡らしたかしれぬ。しかし、病いは静江にはもちろん、だれにもそれと分かる兆候を、静江の身体のあちらこちらに吹き出させていた。

村の常会で静江のことが話題になり、源太と村人たちとの間が険悪な状態になったのは、幸喜タンメーが静江の診察を終えてから二週間ほど後のことであった。

常会は、通常一か月に一回ほどの割合で開かれていた。村の共同売店で購入するのに必要な品物を決めたり、あるいは月に一度、与那原《よなばる》からやって来るポンポン船の立ち寄る日時を連絡したりするのが主な内容であった。時には、山へ入る道が土砂に埋もれて通れなくなったがいつ修復しようかとか、ユイマールの必要な家はどこかとか、そのようなことが話し合われた。

しかし、常会といっても、そのような議題はいつも淡々と進められ、後は村の男たちが一堂に会して酒を酌み交わしながら語り合い、慰労をし合う場に変わっていた。

その日も一通り、村の共同売店の主任からの説明やら報告やらが終わったあとで、雑談が始まっていた。話題は、最近ではほとんどが戦局のことであった。少ない情報と知識で、互いにあれやこれやと言い合いながら、驚いたり感心し合ったりしていた。

源太もそのような話題に加わりながら、酒を酌み交わしていたが、そろそろ席を立って家へ帰る者も出始めた頃だった。突然、源太の前に多和田吾郎と平良義信が座り込んで、詰め寄った。

「おい、源太。お前は、静江をどうするつもりか。」

いきなり、吾郎が源太に聞いた。酒に酔った目が、ぎらぎら光っている。義信も続けて聞く。

「源太、少しは考えんといかんじゃないのか。何とかせんといかんじゃないのか。」

源太は、黙って酒を一口飲んだ。それが、二人の癇に触ったようだ。一気に険悪な雰囲気になった。

「おい、この野郎、人をばかにしているのか。何とか言ったらどうだ。静江は、ナンブチだというじゃないか。どうするつもりだ。」

源太の心は、ずっと前からほとんど決まっている。静江はナンブチだと、はっきりと診断されたわけではない。それに今は身重の身体だ。遠い療養所まで連れて行くわけにはいかない。

「どうするつもりもない。」

「どうするつもりもないって……。このまま、静江を家に置くということか。」

「そうだ。」

源太は、きっぱりと言い切る。言い切って胸のつかえが取れたような気分になった。源太は、今の今まで、少し迷っていた。どうしていいか、決めかねていたというのが本当だろう。村の人々に済まないと思って頭を悩ましていた。しかし、吾郎や義信に詰め寄られて決心がついた。やはり、自分の心に従うべきだ。

吾郎が、再び大声を上げてにじり寄る。

「おい、源太、それはないだろう。お前、そうすれば、今に村中、皆がナンブチになるぞ。お前もだ。そして俺もだ。お前、それでいいと思っているのか。」

源太が、その病いをどのように理解していたかは、分からない。たぶん、多くの村人たちとそれほど違わなかったはずだ。誇張され、歪曲され、口伝えられた迷信と誤解を、源太も同じようにそのまま鵜飲みにしたはずである。たとえば、その病は不治の病であるばかりでなく、手足が変形し、眉や髪が削げ落ち、腐臭を放ちながら死んでいく強い感染力をもった伝染病であると。あるいは、その病いにかかるのは、本人、その他親兄弟、または祖先の犯した罪の現われで天罰であると。あるいは確実に遺伝すると……。山間の小さな村・楚洲の人々にとって、それは当然と言えば至極当然なことであった。

「俺は、構わない。」

源太は、二人に答える。

「俺は構わないだと。お前はそれでいいだろう。俺は、構うんだ。」

吾郎が、いきり立って大声を上げる。義信が、吾郎の傍らから源太に言う。

「源太、ハナレヤー（離れ家）を造れ。ハナレヤーを造って静江を隔離したらどうだ。その方がいい。」

周囲の村人が、頻《しき》りに頷いている。その頃には、周りにいた多くの村人は、源太と吾郎、義信のやりとりに注目し、三人のそばに集まって来ていた。

「源太。療養所に送った方がいいのではないか。どこだか忘れたけど、ナンブチだけを集めている療養所があると聞いたことがある。」

遠くで、長老格のだれかの声がする。

「そうだ、そうだ。その方がいい。」

やはり、どこからともなく同調する声が源太の耳に届く。

「源太、難儀をするのは、お前だよ。お前のことを、心配しているんだよ。」

どうやら周囲に集まった村人たち皆が、源太の説得にかかっているようだ。

源太は、皆に囲まれたままで、黙って村人たちの意見を聞いていた。

源助が、源太の後ろで立ち上がり、源太に近寄ろうとするが、周囲の者にはねのけられる。

「源太、どうだ、お前はまだ若いんだし、静江を村から追い出したらどうだ。そして、また新しい嫁さんでも貰えばいいじゃないか。」

だれかが、からかうように源太に言う。

源太は、その時ばかりは声のする方を睨み返した。それから、再びはっきりと言った。

「静江は、どこにもやらん。この俺が面倒を見る。」

「何だと……。」

源太の襟首を、だれかが後ろから引っ張る。目の前の吾郎も、源太の胸倉を掴まえて立ち上がる。源太が、皆にもみくちゃにされるようにして引き立てられる。がらがらと、あちらこちらで茶碗や、酒瓶が転がる音がする。

「おい、源太。何だと……。もう一度言ってみろ。皆で頼んでいるのに、お前は、少し横着じゃないか。」

挑《いど》みかかるように、源太の前に吾郎が立ち塞がる。いきなり、源太の顔面に吾郎の右拳が飛んできた。激しい痛みを覚えて、源太は後ろにはじき飛ばされた。さらに、馬乗りになった吾郎の拳が、源太の顔面に飛び続ける。しばらく、それを取り囲んで見ていた村人たちが、慌てて二人を引き離す。

「やめろ、吾郎。ナア、シムサ（もういいじゃないか）。やめろ。」

口々に、村人たちが、興奮した吾郎をなだめる。そして、それぞれに興奮した心を鎮めるように自分の席に着く。

源太も、元の位置に座り直す。しばらく、沈黙が続く。

「ナア、シムサ。源太もこれだけ言えば分かるだろう。」

「これだけ言って分からなければ、好きなようにやればいいさ。わしらも、好きなようにやるだけさ。」

「どれ、飲み直そうじゃないか。」

長老格の何人かの村人の声が、静かな部屋に響き渡る。それを機に、あちらこちらで酒を注ぎ直し、ひそひそと話し合いながら、再び酒を酌み交わし始めた。しかし、険悪な雰囲気は、なかなか払拭されない。なんとなく居づらくなった人々は、一人去り、二人去りと、次々に立ち去っていった。

やがて、数人だけが残った。源太は、同じ場所に一人でじっと座り続けた。目の前の茶碗に酒を注ぐと、一息に飲んだ。口の中が、ひりひりと痛む。

「源太、もういいだろう。帰るぞ。」

源助が、源太の背中を叩く。それでもなかなか帰ろうとしない源太を、源助は立ち上がらせようとして何度も背中を叩く。

源太は、そこに源助がいることを忘れていた。言い表わしがたい無念の思いに、抑えていたものが溢れそうになる。悔しかった。自分のことを考えたのではない。静江の辛さを思うと、自分の無力さが情なかったのである。

その日を境にして、村人は以前にも増して松堂の人々へ冷たい視線を浴びせるようになった。それは、だれの目にもはっきり分かった。そして、当然静江にも、夫の腫れた顔面を見て、その夜、村人と夫の間に不穏な出来事が起こったことは、すぐに察しがついた。

村人の静江に対する思いは、ますます冷たくなっていった。静江は、その度に、悲しい思いに落ちていった。

庭に石を投げ込む者も出てきた。石が戸板に当たって大きな音を立てることもあった。さらに家の周りで、口の悪い子供たちが静江のことを替え歌にして囃《はや》し立てた。

ナンブチ静江、ナンブチ静江
マーカイイチュガ（どこに行くの）
マーカイイチュガ（どこに行くの）

ワンネェー　マーカインイチャビラン（私はどこにも行きません）
ナンブチ静江、ナンブチ静江
マーカイイチュガ（どこに行くの）
マーカイイチュガ（どこに行くの）
ワンネェー　お父とマンジュガマシ（私はお父と一緒がいい）

ナンブチ静江、ナンブチ静江
ヘエークナーイカント（早く行かないと）
ヘエークナーイカント（早く行かないと）
ムルムル　ナンブチ　ムル　ナンブチ（皆皆ナンブチ　皆ナンブチ）

静江は、子供たちの歌声を、一人狭い裏座敷で身を竦《すく》めて聞いた。もう、外に出ることもできなかった。一日中ひっそりとその部屋で時を過ごした。

静江は、毎日毎日、何をしていいか、どうしていいか分からなかった。以前は、あんなにもはっきりと松堂のこの家で、自分の果たすべき役割が確固としていたのに、いつの間にか食事の準備も姑のタエがするようになっていた。そして、家族が食事を取る間は、皆から離れて土間に座り、皆の食事が終わった後、裏座敷で隠れるように食事を取った。皆が一緒に食事を取るようにと言ってくれたのだが、静江は頑固にそれを断わった。いつの間にか、だれもそのことを口にしなくなった。

静江は、土間に座って、遠くから太一や美代の食事の進み具合を眺めて気を揉む自分がいかにも情なかった。しかし、そのためにこそ自分はここに座っているのだと言い聞かせた。太一や美代は、静江のその気持ちを察しているかのように、必ず一度は静江の方を振り向いた。その瞬間に目で送る静江の愛情を、太一も美代も待っているかのようでもあった。静江は必死になって、ありったけの思いを二人の子供に目で送った。

「二人とも、食べ残してはいけませんよ。あれあれ美代、魚の刺《とげ》には気をつけるんだよ……。」

静江は、心の中で精いっぱい叫んだ。しかし、静江は、我が子に言葉をかけることさえ遠慮している自分に慣れていくことが悲しかった。太一と美代にとっても、それはまた、やはり悲しい不満な時間であったはずだ……。

10

静江が、ナンブチを患ったらしいという噂は、当然静江が生まれた隣村の安田《あだ》まで伝わっていた。静江の父の大城貞市と母のウサは、その度に心を痛めていた。静江は貞市とウサにとって、最初の子供だった。下に続く四人の弟妹、芳枝、正枝、貞造、貞喜の面倒をよく見てくれる、世話好きの心優しい姉だった。

貞市とウサには、あのしっかり者の静江が、ナベおばあのような病気にかかっているとは、どうしても信じられなかった。しかし、耳に入ってくる噂は、どれもこれもそのことが真実であることを裏付けるものであった。貞市とウサが、二里の山道を越え松堂の家を訪ねたのは、もう夏が終わり、膚《はだ》寒い冬の風が吹き始めた頃であった。

「やはり、駄目ですか……。どうしても、静江を引き取らせてはもらえませんか……。」

貞市が、茶碗に注がれた泡盛を一気に飲み干した後で、身を折って源助と源太を見ながら気弱い声で再びつぶやいた。

「わしは、もう、皆さんには、これ以上迷惑はかけられないと思い、トゥジ（妻）と相談して来たのだが……。」

家の外は、もうすっかり深い闇に閉ざされていた。天井から吊るしたランプの灯が、締め切った戸の隙間から入ってくる風に、時折ゆらゆらと揺れてはまたその炎を立て直した。源助と源太とタエ、そして貞市とウサがそのランプのともす淡い灯りの下で、小さく車座になって身を寄せ合ってうつむいていた。

村の夜は早い。日が暮れると、家々はあっという間に人の気配を断って寝静まってしまう。貞市とウサが、松堂の家に着いたのは、日がとっぷりと暮れた後だったから、今頃は、もうどの家も寝静まっていることだろう。この松堂の家だけが、灯りをともしている。そして今、その灯りのもとで人々はそれぞれの思いを抱きしめながら、じっと悲しみに耐えていた。

タエが、静かに口を開く。

「静江は、よくできた嫁でねえ、ウサさん。私なんか静江が来てからは何もすることがなくて楽をさせてもらいましたよ。なんで、よりによって静江がこんな病気にかかってしまったんだろうね……。」

タエは、それだけ言うと、首に巻いた手拭いを取って涙をふいた。

ウサは、夫の貞市が松堂の家を訪ねて来たわけを話し始めたとたんに泣き崩れて、それからずっと赤く目を腫らし、鼻をかんでいる。時々、タエに肩を抱かれては、慰められ、しかし、ずっと目は伏せたままで、深くうなだれている。

「本当に、ご迷惑をかけて申しわけありません。」

ウサは鼻をすすりながら、途切れ途切れにそれだけ言うと、また頭を下げた。それを見て源助が言う。

「アリィアリィ（あれあれ）ウサさん、頭を上げて。詫びるべきなのは、わしたちなんだ。あなたたちの娘を嫁にもらったのに、ダア（ああ）、このような病気にしてしまった。許して下さいよ。」

源助が、頭を下げる。

「だけど、静江は、もう松堂の嫁です。この源太のトゥジです。源太の言うように、源太の気の済むようにさせて下さらんかなあ。ミートゥンダヤ、カーミヌチビティーチ（夫婦はあの世までも一緒）という古くからの諺《ことわざ》もあります。どうか源太の言う通り、源太に面倒見させてやって下さらんかなあ。お願いじゃ。」

源助が、つとめて明るい笑顔をつくりながら貞市の茶碗に泡盛を注ぐ。

「貞市さん、この源太と静江は、わしから言うのもなんだが、村の者皆が羨ましがるほど仲のよい夫婦でな。おばあとわしが嫉妬するぐらいですよ。静江のことは源太に任しておけば、何の心配もないですよ。」

源助の話に、皆の顔が少し和《なご》んで、初めて笑い声が上がる。

静江は、皆と離れて一人土間への降り口の片隅に身を屈《かが》めて座っている。皆の話は途切れがちだが、静江の所まで届いてくる。隣の部屋では、梅子が、太一と美代を抱きかかえるようにして眠っている。辰吉の姿は、どこへ行ったのか見当たらない。

静江は、竈の中でちょろちょろ燃えている残り火をぼんやりと眺めながら、いつしかその火が、まるで自分の運命を象徴しているかのように思われてくる。このようにして、やがて自分もこの世から消えていくのだろうか……。もう炎には、ほとんど竈の外を照らす力はない。

「村のトスインチャー（長老たち）は、ハナレヤーでも造って、静江を移り住まわせたらどうかというのだが、この源太がどうしても聞き入れない。この前も、村の常会で静江のことが話題にあがってな。トスインチャーが源太を説得するのだが、源太がどうしてもうんと言わない。最後には、結局、源太の好きなようにさせるがいいさということになった。源太は、ワラビの時からとてもガーヂュー（頑固）だった。これが一度決めると、だれが何と言っても聞かないからなあ。」

源助は、話し終わると茶碗の泡盛を手に取り、一口飲んだ。タエも茶を啜《すす》りながら相槌を打つ。静江は、やはり村の常会で自分のことが話題になったのだなと思った。源太も源助も、タエも何も言ってくれなかった。あの晩の夫の怪我は、村の者皆に袋叩きにあったのではないかと思わせるほどのものだったが、やはり摑み合いの喧嘩があったのだ……。静江は、思わず両手を合わせ、その手に額を乗せて目を閉じた。源太に、心の中で精いっぱいの詫びの言葉を何度も何度もつぶやいた。源太にだけではない。源助やタエ、そして梅子に辰吉、皆に辛い思いをさせているのではないかと思うと、気が重い。

源助もタエも歳を取った。貞市もウサも歳を取った。源太も歳を取った。そして……、だれよりも静江が一番に歳を取った。まだ三十を越えぬ年齢だというのに、その肉体のすべてから生気が失せていた。否、精神のすべての分野においても同じことが言えた。夢を見ることが全くなった。ただ、臨月を迎えたお腹だけが、静江が生きている証のように思われた。静江には、それは大層辛い証であった。

「皆さんが、どうぞいいように取り計らって下さい。どうか静江をよろしくお願い致します。」

貞市が深々と頭を下げる。いつの間にか、ウサは、一人土間への降り口の端に座している静江の所に行き、肩を抱き髪を撫でている。人一倍親孝行な娘であった静江が、どうしてこのような目に遭わなければならないのだろう。なぜ、このような辛い運命を背負わなければならないのだろうかと思うと、我が子が不憫でならない。

静江は、久しぶりに嗅ぐ母の懐かしい匂いに、思わず抑えていた悲しみを溢れさせる。

この肉体に、まだこれほどまでの涙が残っているのなら、どうして病いを治してくれないのだろうか。

「お母……。」

静江は、思わず声を上げる。静江にもウサにも、これが今生の別離になるかもしれないという思いが同時に湧き起こってきて、後から後から涙が溢れてくる。静江は、立ち上がったウサの足になおも取り縋《すが》って、思い切り声を上げて泣いた。泣きながら静江は、夫にではなく母に甘え縋りついて泣いている自分に気づき、なぜか夫に済まないという不思議な思いが湧き起こってきた。そして同時に、この泣き声とともに、これまで踏ん張って支えてきた自分というものが、どっと崩れていく音を、はっきりと聞いたように思った。それは、まるで全身からマブイ（魂）が抜けていくように、静江の精神と肉体を弛緩させていった。

貞市とウサが、辛く淋しい心を抱いて松堂の家を後にしたのは、夜も半ばを過ぎた頃であった。来た時と同じように人目を気にし、闇に紛れて楚洲の村を出発した。楚洲川を越え、細い急な坂道を登り切った所で、二人は振り返って楚洲の村を眺めた。村は、先ほどまでの悲しみとはまるで無関係に、何事もなかったかのように静かに深い闇の底に沈んでいた。あんなにも悲しいことがあったのに、村は何事もなかったかのように静まりかえっている。静江が、この村で、已れの悲惨な運命を背負って泣いているのだ。その事を、村は、闇は、この山は、何も知らないのか……。理不尽な怒りが貞市を襲っていた。

貞市は、静江が不憫でならなかった。耐えていた思いが、幼い頃の静江の思い出とともに蘇ってくる。何一つ、励ましの言葉をかけてやることができなかった自分が情なかった。しかし、どんな言葉をかけてやればいいというのだ。「お父……」と叫んで駆け寄って来た幼い我が子の笑顔を思い出す。「お父、ちょっちょん小《グワ》の歌、歌って……」と言って、背中でげらげらいつまでも笑っていた静江を思い出す。

貞市は、倒れるようにしてその場に膝を付いた。土を叩き、草をむしり、肩を震わせて呻《うめ》き声を上げた。呻き声を上げた後に、どっと倒れ伏したのかもしれない。それは、ウサが慌ててその身体に取り縋って慰めずにはおれないほどの激しい嘆きであった。

ウサは、夫の慟哭が、四方の山々の闇に吸い込まれ、得体の知れない新たな山の慟哭としてはね返ってくる不気味な山の霊《こだま》を、何度も聞いたように思った。その山の慟哭に抱かれて、夫も自分もこのまま消えてしまうのではないかという戦慄を覚え、逆に夫に取り縋った。

第二章

1

夫の源太の励ましと叱責を受けて、静江は三番めの子供を生んだ。村で生まれる子供のほとんどを取り上げているウイヌシマの産婆ばあさんのツルおばあが、松堂の家に着いた頃には、静江はもうほとんど呼吸を乱すこともなかった。ツルおばあが、静江の股を少し開いたと思う間もなく、子供は易々《やすやす》と生まれてきた。女の子だった。何の苦しみもなく生まれてきた。しかし、同時にまた、静江には湧き出る喜びもなかった。太一や美代を生む時には、苦しみと同時に大きな喜びがあったのだが、この子は、宿痾《しゅくあ》を背負った母親の子だ。生まさないでくれと頼んだのに、源太も、そして源助もタエも、許してはくれなかった。しかし、丈夫に育って欲しいという思いこそすれ、不思議にもう悲しくはない。悲しみにも慣れてしまったのだろうか。

静江は、一種の虚脱感に襲われていた。いつまでもこのままこうして、じっと目を閉じていたい。このままで……と、思った。目尻から、うっすらと涙がこぼれて細い糸を引いた。それをふいて目を開けると、タエとツルおばあが、静江の顔を覗《のぞ》き込むようにして笑っている。

「静江、おめでとう。元気な女の子だよ。」

「心配しないでもいいよ、静江。」

タエとツルおばあが、交互に静江に微笑みかける。静江も力を込めて頷《うなず》き、声を出してお礼を言おうとするが、言葉にならない。タエにもツルおばあにも、微《かす》かな唇の動きにしか映らない。

「ニゲードゥシアワセ（願うことが幸せ）といって、昔からあるのだよ。願えば、必ず幸せがやって来るんだよ。静江、気を強く持たんといけないよ。私は、いつでも幸せ者のツルおばあだよ。この私が取り上げたのだから、この子は必ず幸せになるに決まっているよ。」

ツルおばあが、しわくちゃな顔をさらにしわくちゃにして静江を見つめている。

夜が明けてくるのだろう。戸の隙間から朝日が漏れている。一条の光が、陽炎《かげろう》のようにゆらゆらと揺れている。その美しい光を見ながら、眠りに陥っていくおぼろげな静江の視界に、光を跨《また》いでやって来る者の姿が見える。一瞬、静江は自分を連れにセンゾ（祖先の霊）がやって来たのかと思う。ちかちかと目に光が痛い。音も立てず、身を屈《かが》めるようにしてこちらに向かって来る。浮遊している自分の魂なのだろうか。やがて、それは静江の目前をゆっくりと遮《さえぎ》って暗闇に包み込む。光を跨いでやって来た夫の源太の言葉を聞くよりも早く、静江は深い眠りに陥っていた。

三番めの子供は、源太が幸子と名付けた。幸子は、静江の不安をよそにすくすくと成長した。家族の皆の愛情を一身に受け、健康で何の心配もなかった。

梅子は我が子のように幸子を可愛がってくれた。暗く沈みがちな松堂の家に、幸子の誕生は明るい笑顔をもたらしてくれた。幸子の一挙手一投足に皆が注目し、笑い声を上げた。幸子の誕生は、家族皆が静江に向けるぴりぴりとした神経質な視線を和《やわ》らげてくれたことは確かであった。

しかし、静江は、幸子の行く末を手放しには喜べない。幸子の笑顔を見ては、逆に宿命の病いを有した己れから生まれた我が子が不憫になる。自分と同じ病気に侵されてはいないだろうか。自分の病気がうつってはいないだろうかと不安になる。村人たちは、すでに幸子を腫れ物でも眺めるように遠くからじっと眺めている。決して抱き上げることはない。幸子へ対する村人の目は、家族の皆と、当然同じではない。

静江は、無心に乳首に吸い付く我が子の顔を眺める。涙が湧いてくる。どうしてこんなに涙もろくなったのだろう。情なくなる。幸子の乳首を噛《か》む力は、太一や美代よりも強い。このまま、元気な子に育つとよいのだが……。

静江は、乳首を吸いながら眠った我が子を見る。そして、自分の白い乳房を見る。そこだけが、己れの病を知らぬかのように強く生命《いのち》に漲《みなぎ》っている。そこだけが、汚れのない白さで若く息づいているのが情ない。たとえ、幸子には必要な乳房とはいえ、あまりにも酷《むご》い。白い乳房が疎《うと》ましい。手や顔には、はっきりと病いの兆候が出始めたのに……。一瞬、授乳をすることが大きな不安となって頭をかすめる。

静江は、もう一度幸子を見る。幸子と名付けた夫の心に、思いを馳せる。源太には、詫びねばならないことがたくさんある。太一も美代も、そして源太も、力いっぱい抱きしめてやりたい。静江の幸子を抱きしめる手に、思わず力が入る。

浜風が、静江の火照《ほて》った思いを鎮めるように優しく吹き渡っていった。

2

昭和十八年四月、椎の葉が再び揺れる季節になった。太一は、楚洲《そす》国民学校初等科の二年生になった。すでに、昭和十六年十二月八日には、日本軍による真珠湾攻撃が行われ、太平洋戦争が勃発していた。国民全体の戦時生活が、国家総動員態勢のもとに確立され、すべてが戦時色へと塗りこめられていく頃であった。

しかし、村人の生活の隅々まで戦争の影響が色濃く現われるのは、まだ先のことで、それは、子供たちにとっても大人たちにとっても同じことであった。

楚洲の学校は大正八年に創立され、最初からウイヌシマの小高い丘の頂上にあった。ホンムラからそこまで約一キロ、楚洲川を渡り、急な勾配を南に向かって登り始め、大きく緩やかに西側に迂回して登り終わった所に学校があった。学校の西側の正面には国《くに》頭《がみ》地方の分水嶺となる連山が聳《そび》えており、東側には松林が防風林となって、浜から吹き上げてくる風を防いでいた。また、それは同時に断崖を支え地滑りを防ぐ役目も果たしていた。その下を楚洲川が流れていた。松林の隙間からは、ホンムラが一望に見渡せ、また太平洋の広々とした海原はもちろん、与論島もくっきりと浮かび上がって見えた。

太一は、学校へは隣に住む山城の吾作や、吾作の妹の園子、そして吾作の家の向かいの盛治らと一緒にでかけていた。吾作も盛治も太一より三歳年長であったが、吾作の妹の園子はちょうど太一と同じ歳であった。太一は、学校ではもちろん、帰宅後も吾作や園子らと一緒に遊ぶことが多かった。

太一ら子供たちにとって、周囲の山々や川や海は、いつまでも飽きることのない格好の遊び相手であった。川や海では一日中、小さな生き物たちと戯れることができた。タナガーはもちろん、蟹、鮒、鰻《うなぎ》、ヤゴ、おたまじゃくし……。さらに海には、未知なる発見がいくらでもあった。

山でももちろん、いつの季節であろうと確実にいくつかの樹々は花を付け、実を付けていた。そして、得体の知れない生き物が数知れぬほどいて、太一たちを楽しませてくれた。いつでも新しい発見があり、感動があった。

「太一、いいものを見せてやるから、一緒について来い。」

吾作に言われて、放課後の校庭で遊んでいた太一は、喜んで吾作の後に付いて行った。お母《かあ》がナンブチを病んでから、太一は、吾作たちと遊ぶ機会がめっきり減っていた。久しぶりに吾作に声をかけられて、太一の心は、喜びに弾んだ。

着いた所は、山羊小屋だった。学校では山羊を飼っていて、四年生以上の上級生が当番で草を刈り、山羊の世話をしていた。太一も何度か吾作や盛治らが当番の時に、一緒に山羊の草刈りを手伝ったことがあった。だから、吾作の行く方角を見て、すぐに山羊小屋に行くことの見当がついた。

山羊小屋には、盛治もいた。盛治の他にも数人の上級生がいて、山羊小屋を覗き込んでいた。

太一も囲いに足を掛け、背伸びをして中を覗いた。

「太一、分かるか、チルンデイル（交尾している）んだよ。見たことあったか。」

太一は、無言で頷いた。しかし、無意識のうちにただ頷いただけで、もちろん目の前で山羊が交尾をするのを見るのは初めてだった。牡山羊は勢いよく足を上げ、牝山羊の背後に回って何度も何度も上にのしかかっていた。二頭の山羊は鳴き声を上げながら絡み合っていたが、太一には雄山羊の股間から突き出ている鮮紅色の細いペニスが妙に生々しく目に焼き付いた。二頭の山羊の、いかにも無表情な様子が、遠い風景でも見ているような奇妙な錯覚に陥らせた。ちょうどその時、そばから吾作が声をかけた。

「太一、お前のお父《とう》とお母もチルンダからお前ができたんだよ。」

吾作が、太一をにやにやと笑いながら見下すように言った。周囲の者が一斉に太一を見て、同じようににやにやと笑った。

「太一、お前のお母は、ナンブチになってもお父とチルブのか。」

「当たり前さ。チルンダから幸子ができたんだろう。」

だれかの声がする。どっと笑い声が上がって、皆が太一を囃《はや》し立てた。太一は、唇を嚙んで我慢した。お父とお母を笑い者にした皆に怒りが込み上げてきた。入学式の日に、笑って太一の手を引いてくれた懐かしいお母の顔が目に浮かんでくる。それから、やがてポツリと一人で土間の隅に淋しそうに座っているお母の顔が浮かんできた。

「太一たちのお父とお母は、とても仲がよくて羨ましいさと言って、僕のお母が話していたよ。」

　だれかのその言葉に、再び皆がどっと笑い声を上げた。

「メエ～」という山羊の鳴き声に、太一の耐えていたものが一気に溢れてきた。涙が頬に溢れてくるのを感ずるのと同時に、隣に立っている吾作に飛びかかっていった。めちゃくちゃに力いっぱい吾作を叩いたが、やがて振りほどかれ投げ飛ばされた。周りの皆は、突然の出来事を、面白がってやんやと囃し立てた。太一は泣きじゃくりながらも、何度も何度も吾作に飛びかかっていった。しかし、その度に太一は足蹴にされた。馬乗りになられて顔を叩かれた。それでも太一は、ひるまなかった。やがて笑っていた周りの上級生たちも、太一の異常とも思える抵抗ぶりにあきれ果て、皆で吾作にしがみ付いている太一を引き離し、なだめようとした。しかし、太一はがむしゃらに抵抗し、なおもわめきながら、止めに入った皆にもだれかれとなく殴りかかった。しまいには、太一だけでなく皆が逆上し、太一を口汚くののしりながら殴りかかった。

「ナンブチの子供のくせにガーヂュー（頑固）だな。」

「ナンプチャー（ナンプチの子供）め。」

思い思いに罵声を浴びせ、太一を存分に殴りつけ、その場を逃げるようにして走り去った。気がつくと、泣きじゃくる太一だけが、山羊小屋の前に取り残されていた。太一は、吾作への怒りと同時に、それ以上に激しく自分にも定かには分からないものに向かってわめき怒っていた。それは、たとえば母を病いに陥《おとしい》れた大きな運命へ対する怒りでもあった。

そのことがあってから、太一は、誘い合って吾作や盛治たちと一緒に学校へ行くことはなくなった。園子だけは、相変わらず太一を迎えに来てくれたが、吾作との喧嘩については、何も知らないようであった。太一も園子へはもちろんのこと、家族のだれにも何も言わなかった。お母にだけ腫れて厚ぼったくなった顔のわけを問い詰められたが、木から落ちて顔を打ってしまったと、つっけんどんに答えていた。そして、お母の気遣いを、太一は、初めて疎ましく思い、邪険にあしらった。

3

楚洲の人々は、ほとんどが自給自足の生活を営んでいた。畑を耕しサツマイモを植え、野菜を植えて日々の食事の糧《かて》にした。また、海へ行けばだれでもが、魚を捕ることができた。お金は、贅沢をしなければそれほど必要ではなかった。

水田は、楚洲川の流域に少しあるだけで、米は、村に唯一ある共同売店から購入した。その米や日用雑貨を買うために、村人たちは薪や木材や竹材を山から伐り出してきて、それを金に換えた。それらのみが、村で商品価値のある品物であった。豚や山羊を飼う者もいたが、それとて商売用ではなかった。

隣の村も、同じように自給自足の生活を営んでいた。薪や木材や竹材は、発動機付きのポンポン船で周期的に巡って来る仲買人に売り、彼らはそれを那覇や南部の与那原《よなばる》の港に運んで売った。

村の共同売店は、村人がわずかばかりの金を出資し合って作ったものであった。その共同売店が、船でやって来る商売人との仲買を引き受けることが多かった。そして、それで得た金で村人たちに必要な品々、缶詰やソーメンなどの食料品、肌着などの衣料品、石鹸などの日用品を買い揃えて店に並べた。駄菓子などが置かれることもあったが、太一などは、それを眺めるだけで、よほどのことがないかぎり買ってはもらえなかった。

太一は、お父が庭で斧を振り下ろして薪にするために木を割《さ》くのを手伝っていた。源助じいと辰兄《たつに》ィも傍らで鋸《のこぎり》を使っていた。太一の仕事は、源助じいや辰兄ィが切った木を、お父の所まで運ぶことだった。山から伐り出され、庭に積み重ねてあった木は真っ直ぐな生木で、それを長さを揃えて短く切り、割って薪にし、竹で作った輪に通して束ねる。それをポンポン船がやって来ると売りに出すのだ。

薪にする木は、枯れた樹では輸送の間に腐ってしまうので、山中に生えている生き生きとした樹が選ばれた。

太一は、皆と一緒に汗を流せるのが嬉しかった。太一も、もう八歳になる。八歳にもなると、村の男の子は、だれでもが家の手伝いを始めていた。家畜の面倒を見たり、畑を耕したり、あるいは桶を担《かつ》いで川から水を運んだ。太一もお母や梅子ネエの手伝いをして水汲みをすることもあった。そして家の竈《かまど》で使う枯れた松の枝や薪を集めに、仲間たちと近くの山に入ることもあった。

ガシィッ、ガシィッとお父が斧を振り下ろして木を割いていく。太一も、お父や源助じい、そして辰兄ィたちと一緒に、早くこのような薪にする樹や、材木にする大きな樹を伐りに、山の奥へ入りたかった。生きた樹は、もちろん樹液を含んでいて、枯れた樹の何倍も重かった。そして、真っ直ぐに伸びた程よい樹を探すためには、できるだけ山奥へ入らなければならなかった。太一は、もう近くの山や海辺で枯れた薪を拾うだけではつまらなかった。

「太一、そろそろお父たちと一緒に山に入ってみるか。」

お父が、そんな太一の不満を見透かしたように太一に言った。

「お父、本当、本当に連れて行ってくれるの。」

太一は、思わずお父に聞き返した。嬉しくてたまらない。腕に抱えた薪をお父の傍らに下ろしながら、目を輝かせてお父の返事を待った。

「ああ、いいよ、太一は、お利口だからな。次、山に入る時は連れて行ってやるよ。」

お父は太一を見て笑い、振り上げた腕を一気に下ろして薪を割る。ガシィッと小気味よい音を立てて、薪は二つに割れてはじけ飛ぶ。太一は駆け出したくなる気持ちを抑えながら、近くで鋸を引いている源助じいと辰兄ィの所へ行った。そして自慢気にお父の言ったことを源助じいに話す。

「おじい、あのね。お父が、次、山に入る時は、僕も連れて行ってくれるってよ。」

太一は、喜びを隠せない。

「そうか、そうか。」

源助じいは、鋸を引く手を休めて太一を見る。ほとんど同時に、傍らで鋸を引いていた辰兄ィが太一に言う。

「本当か、太一。嘘だろう。」

「嘘じゃないよ、本当だよ。」

「そうかな、太一は山の上まで歩けるかな。」

「歩けるよ。」

「泣くんじゃないかな。」

「泣かないよ。」

「本当かな。」

「本当だよ。」

太一は、辰兄ィの言葉に、ムキになって答える。

太一は、お父の方へ向き、大きな声を張り上げて相槌を求める。

「お父、本当だよね。」

お父は、聞こえないのか、黙ったままで斧を振り続けている。

「ダア（どれ）、お父は何も言わないじゃないか。」

辰兄ィが太一に言う。

太一は、もう一度大きな声でお父に言う。

「お父、僕も山に連れて行ってくれるよね。」

お父は、太一の方を向いてうんうん頷いている。

「ほらね。本当さ。」

辰兄ィが、分かった、分かったと言うように太一を見て笑った。そして、再び鋸を引き始めた。辰兄ィは、最初から太一をからかうつもりだったのだ。太一は、そのことに気づいて少し不機嫌になったが、しかしそれ以上に嬉しさが勝り、得意になってすぐに機嫌を直した。

辰兄ィは、なおも太一をからかい続ける。

「太一、俺は山に行きたくないけどな。山は難儀だからな。俺の分の丸太を担いでくれよな。」

太一は、もう辰兄ィに何を言われても気にならない。辰兄ィはさらに言う。

「太一、どうして山なんかに行くんだ。山は難儀だよ。また一緒に海へ行こうか。海がいいよ。俺は、南洋にでも行ってウミンチュになりたいなあ。」

辰兄ィは、本気とも冗談ともつかない微笑みを浮かべて太一に言った。そして、しばらく鋸を引く手を休め、考えごとをするかのように遠くを見つめた。その目にどこか淋しさが滲《にじ》んでいるようにも見える。太一は、その仕種《しぐさ》に、本当に辰兄ィは、南洋に行ってしまうのではないかと不安になった。

大きなため息をつくと、辰兄ィはまた思い出したように鋸を引いた。

太一も、ほっとして源助じいの所へ向き直る。源助じいは、鋸を引くのを止め、お父が割った薪を竹の輪に押し込んで束ねている。太一は、源助じいに尋ねる。

「おじい、今度はいつ山に入るの。」

源助じいが、額の汗を手拭いでふきながら答える。

「アンヤサヤー（そうだなあ）、いつになるかなあ。この仕事が片付けばまたすぐに山に入るだろうが、ポンポン船も週末には入るというから、この仕事が先だなあ。でも、この仕事は、二、三日もあれば終わるだろう。もうすぐだ。」

源助じいは、そう言った。それでも心配そうな顔をしてそこを動かぬ太一を見て、さらに続ける。

「太一、心配するな。お父が連れて行くと言うんだから、必ず連れて行ってくれるさ。」

それを聞いて、太一はやっと安心した。それから両手いっぱいにお父が割った薪を抱え、源助じいの所に運んだ。お父が割った薪からは、胸に染み込むほどの甘い樹の香がたちのぼり、太一の鼻をくすぐった。

太一が待ち望んでいた山に入る日が、思ったよりも早くやって来た。お父に源助じい、辰兄ィ、そして太一と松堂の家族だけだった。太一は、お父たちが山に入る時は、いつも隣の吾作のお父の栄作など、村の男たちと一緒であったのに、どうして今日は家族だけなのかを不思議に思った。

「お父、どうして今日は僕たちだけなのか。」

お父は、太一の問いに無言のままで鋸を手に取った。それから、振り返って太一を見て、やはり無言のままで出発を促《うなが》した。瞬間、太一の頭にその答えがひらめいた。たぶん、お母のことで、村の者が一緒に山に入ることを嫌っているのだ。あるいは、お父がためらっているのだろう。太一は、その理由を推察すると黙ってお父の気持ちに思いを馳せ、口をつぐんだ。

太一は、お父について一所懸命、細い山道を登った。山は、奥へ入れば入るほどに椎の樹に覆われていた。一時間ほど山中へ分け入ったところで小高い丘に出た。明るい太陽がさんさんと差し込んでいた。そこから山道を外《はず》れて再び谷へ向かって下ると間もなく、真っ直ぐに伸びた大樹が、幾本も天に向かってすーっと伸びている山に到着した。そこが目的の場所だった。不思議なほどに、すべての樹々がすらっと天に伸びている。

お父は、その中の一本の椎の樹を前にして立ち、煙草に火をつけた。太一は息を弾ませながら、お父の傍らに立った。

「太一、樹はなあ、生きているんだ……。」

お父が、頭上の梢を仰ぎ見ながら太一に言った。きらきらと光が梢の隙間から差し込んでいる。太一は、不思議な光景を見るような気がした。

お父は、やがて樹の幹に斧を打ち込んだ。それからすぐに反対側から鋸を引いた。源助じいがそれを見ている。辰兄ィは、少し離れた後方で、すらっと伸びた樹の下枝を伐り始めている。お父の手元から樹屑《きくず》が飛び散り、新鮮な樹の匂いが鼻を刺す。座り込んでお父の手捌《てさば》きを見ていた源助じいが、立ち上がって太一の手を取り後ずさる。お父が源助じいの方を向いて目配せをすると、メリメリメリ……っと音を立て、周囲の小枝を折ってドサッと樹が倒れる。それからが一苦労だ。倒れた樹の枝を伐り落とし、幹を六、七メートルほどの長さに切断する。一つめを伐り終えたところでお父は、源助じいと鋸を引くのを交替した。

お父が、太一の傍らに立ち、吹き出た汗をぬぐう。太一を見てにっこり笑い、旨そうに煙草を吸う。そして大きく煙草の煙を吐き出すと、太一に言った。

「太一、お母のことは心配するなよ。」

太一は、突然、お母のことを言われてびっくりした。山の中で、お母のことはすっかり忘れていた。鋸を引いている源助じいに視線を留めたままで、太一は思わず頷いた。

「お母のことで、いじめられたりしていないか。」

「ううん、いじめられていないよ。」

太一は、首を横に振る。

「そうか、それはよかった。」

お父は、太一の頭を撫でながら言った。お父は、そのことを言うために自分を山に誘ったのだろうかと、太一は思った。嬉しかった。お父は山の中でも、いつもお母のことを考えていたのだ。

太一は、お父を見上げて力強く言った。

「お父、僕は大丈夫だよ。」

太一は、精いっぱい笑顔を見せる。お父は、それを見て安心したように、再び太一の頭を撫でる。

「よかった、よかった。お母もかわいそうだけど、お母の病気はきっとよくなるからな。お母も頑張っているんだから、太一も、負けずに頑張れよ。」

太一は、その言葉で、お母のことがどっと思い出される。涙が流れそうになるのをじっと堪《こら》える。何か言うと、涙が溢れるだろう。じっと黙っている。お父も、後は煙草の煙を吐くだけで黙っている。しばらくして、太一は、黙ったままでいるとお父が自分のことを心配するのではないかと思って、口を開いた。

「お父、この木は皆で運んで行くの。」

「いや、お父が一人で担いで行くんだよ。このぐらいがちょうどいいんだ。あまり大きくなると一人では担げなくなるからな。」

「わあーっ、すごい。」

太一は、びっくりした。本当にすごいと思った。

「この木はな、家の柱に使ったり、床や屋根の桁《けた》に使ったりするんだ。」

それから、すぐに言葉を続けて言う。

「もちろん、もう少し大きくなると、お父一人では担げない。二、三人で担いで山を降りるけどな。」

お父は、太一を見て笑った。

「太一、ひもじくはないか。もうすぐ弁当の時間だから我慢しろよ。大丈夫だな。お父はおじいと交替して、あと一仕事、頑張ってくるからな。」

お父は、そう言うと源助じいの所に行き、替わって鋸を引き始めた。

源助じいが、入れ替わるように太一の所へやって来て腰を降ろした。手拭いを取り出し、汗をふく。汗は身体中から吹き出している。胸を開け、露《あらわ》になったおじいの肩に黒い毛が数本見える。お父の肩にも、同じように黒い毛が生えていた。

「おじい、大人になったら、肩にも毛が生えるのか。」

源助じいは、突然の太一の質問にびっくりして太一の顔を見る。それから大きく笑って、汗をふきながら言った。

「アンヤサヤー、お父もおじいも、重い木を何年も肩に担いできたからなあ、それで毛が生えたのかなあ。」

源助じいは、愉快そうに笑って汗をぬぐう。太一はまぶしそうにおじいの肩を見る。

お父が引く鋸の音が山にこだまする。突然、後方でメリメリ……っという音がしてドサッと樹が倒れた。振り返ると、辰兄ィが笑って手を振っている。やがて静寂が戻り、再びお父の引く鋸の音だけが耳に聞こえてくる。その音は、深い森の静けさの中に吸い込まれるように消えていく。

お父の身体に木漏《こも》れ日が当たってちらちらと揺れている。太一は、その光の差し込んで来る上方を仰ぎ見て目を細めた。

4

太一が、園子のことを気にし始めたのは、たぶん園子の兄の吾作たちと摑み合いの喧嘩をした後からのことであろう。吾作たちとは、それ以後なんとなく気まずくなって、一緒に朝学校へ行くことはなくなっていた。太一から誘いに行くこともなかったし、また吾作たちが誘いに来ることもなかった。何よりも太一は、もう一人で登校することができるようになっていたから、その喧嘩がなくても自然と足は遠のいていたかもしれない。

ところが、園子だけは、相変わらず太一を誘いにやって来た。むしろ、太一が兄の吾作たちと一緒に学校へ行かなくなったのを待っていたかのように、園子は太一の家の前に来て太一を待った。隣家同士という気安さがあったのかもしれない。あるいは、同じ学年という親しみもあったのかもしれない。いずれにしろ、太一も園子もそのことを日課のようにして登校した。誘い合ってというよりも、ただ何となく互いに互いの家の門の前で待っていただけである。

楚洲川を渡り、大きく弧を描いて登りつめる学校までの急な坂道を、太一は園子の前を歩き続けた。

学校で、太一と園子は特に親しく口をきいたわけではなかった。むしろ太一は、園子よりも隣の席に座っている史子の方をまぶしく眺めていた。史子も太一や園子と一緒の学年で、五人の同級生の中の一人だった。

史子は美しい標準語《ヤマトグチ》を流暢に話すことができて、だれからも羨ましがられていた。史子は、楚洲国民学校に勤務している嘉味田《かみた》辰雄、信子夫妻の末娘だった。

嘉味田夫妻は、名護《なご》の出身で三人の子供を引き連れて楚洲国民学校へ家族で赴任していた。太一たちは、嘉味田夫妻がどのような経緯の後に、この山間《やまあい》の地に赴任してきたか全く知らなかった。おそらく村の大人たちもそうであっただろう。ただ教師としての情熱は、村人たちにも太一たちにも充分に感じられた。太一たちは、辰雄先生を辰先生、信子先生を信先生と呼んでなついていた。

学校では、上級生と下級生に分けられた教室で、修身、読書、習字、算数、会話、体操などが教えられた。時々校長先生から戦争の話を聞くことがあったが、どの話も、太一たちの心をふるわせた。

辰吉は、なんとか村を出たいと思っていた。少し、泡盛の入ったほろ酔い気分の頭で、そのことばかり考えていた。仲間たちと一緒に酒を酌み交わすモーアシビの席で、辰吉は浮き浮きした気持ちになっていた。自分のその気持ちに偽りがないことをはっきりと確信すると、不安よりもむしろはしゃぎたい気持ちになっていた。広い海原で自由に船を操り、魚を捕ることが、辰吉の幼い頃からの夢であった。その夢を実現させる日がやがて来る。今がチャンスなのだ。

辰吉は、幼い頃から、遠く南洋の島々へ渡って漁をしたいと思っていた。まだ見ぬ南の島々、たとえばサイパン、トラック、ミンダナオ等々、南洋上に浮かぶ島々は、若い辰吉の夢を掻き立てた。村を出て、そこで暮らすことができたら、どんなにかいいだろう。ヒジャイヤーのヤッチーから聞いた南洋の島々……、そこで暮らすことが辰吉の夢だった。静江の病いのこともあって、村を脱出したいという辰吉の思いは、日に日に強くなっていた。しかし、それが大きな原因であるように見られて、静江ネエを悲しませることへの懸念が、辰吉を迷わせてもいたのだ。

静江ネエのことで、お母やお父、源太兄ィには随分悪態をもついた。恋人の千恵が、静江ネエのことで自分との付き合いを止めるように親から強く言われたと聞いた時は、思わずカッときた。静江ネエには悪いことをした。千恵は、今ではそっと両親の目を盗んで会いに来てくれる。しかし、もうそんな生活は嫌になった。堂々と千恵と一緒に二人だけの生活を始めたい。だが、自分が村を出て行くことで、静江ネエを再び悲しませることになったらどうしよう。それが心配だ……。

しかし、もうそうも言っていられない。イクサがやって来たら、しばらく南洋に渡ることはできなくなるかもしれない。奥《おく》や安田《あだ》からはイクサにとられた者がいると聞いている。さらに仲間たちの中からも、兵隊へ志願したいという者が出始めていた。きっとお父や源太兄ィは、分かってくれるだろう。その時が来たら、もちろん千恵も一緒に連れて行く。千恵も同意してくれるはずだ。そのことを今晩千恵に話そう。辰吉は、そう決心して心を弾ませ、千恵を見た。

千恵は、辰吉に凭《もた》れるようにして、三味線《サンシン》の音に合わせて手拍子をうっている。辰吉は、千恵の肩に手を置いて力を込めた。千恵が笑って辰吉を見る。

モーアシビとは、村の若い男女が、一堂に会して酒を飲み、歌を歌い、踊りを踊りながら、楽しい夜を過ごす遊びのことを言う。若い男女の一種の社交の場である。浜辺やアダンの木の下や、あるいはちょっとした広場などで、夜になるとだれからともなく寄り集《つど》って来て、酒を飲み交わし、歌を歌い合って一日の疲れを取り払い、楽しむのである。即興で奏《かな》でられる三味線の音に合わせて、歌い、踊るのである。

辰吉は、仲間たちの奏でる三味線の軽やかな音色と歌に合わせて、千恵の手を取って輪の中央に進み出て、手をあげて踊った。ほろ酔い気分も手伝って、滑稽な仕種で腰を振り、一緒に踊る千恵を困らせ、仲間たちを笑わせた。周りから指笛が飛び交い、笑いが溢れた。辰吉と千恵の仲は、仲間たちも認めていた。

酔った仲間が一人、立ち上がって辰吉と千恵の踊りに加わった。そして、さらに滑稽な動作を繰り返し、卑猥な仕種を真似て踊ったので、皆の拍手と笑いは一段と大きくなった。

千恵は、いつの間にか元の席へ戻っていたが、辰吉は、その男と一緒に輪の中でさらに踊り続けた。踊りながら辰吉は空を見上げた。明るい夜空に、夢の船が大きく浮かんでいるのが、辰吉にははっきりと見えた。

幸子が生まれてから四か月余が経過していた。熊蟬《くまぜみ》が至る所で激しく鳴き出す季節に入っていた。太一は、いつものように追いかけて来る美代を、いつものように無視して、足早に楚洲川に向かって村の小道を歩いていた。暑い日には、海もいいけれど、川の水がなお冷たくて気持ちがいいことを、太一は知っていた。その楚洲川で泳ごうと思ったのである。

楚洲川に着くと、すぐに追いかけて美代がやって来た。昼間の川には、太一と美代以外だれもいなかった。太一は、川べりで服を脱ぎ、美代も裸にして川に飛び込んだ。思った通りに楚洲川の水はひんやりと冷たく心地よかった。川底に潜《もぐ》ると、ボラや鮎などの魚が群れをなして泳いでいるのが見えた。太一は、川の流れに逆らいながら、必死にその群れを追いかけて、息を弾ませた。

浅瀬で遊んでいる美代の方を振り向くと、いつの間にか園子がやって来て一緒に遊んでいた。太一は、しまったと思った。自分は素裸になっている。急いで上がるわけにはいかない。太一は、できるだけ平静を装って水の中に身体を沈めた。

そんな太一に園子が声をかけた。

「太一、一緒に泳いでもいい？」

太一は、園子の声に聞こえぬふりをした。背中を園子に向け、何度も何度も水の中に身体を沈めた。しかし、気がつくと、傍らで太一と同じように素裸になって園子が泳いでいる。太一は、慌ててまた水中に顔を埋めた。そしてできるだけ園子を見ないふりをした。ところが、園子はどんどんとこちらに近寄って来る。そして、やがて太一の目の前に立ち塞《ふさ》がった。園子も素裸である。水中で眺める園子の裸体は、太一にはまぶしかった。

園子は、太一の前に弾むように立っていた。そして、太一に呼びかける。

「太一、石取りしよう。」

園子が、屈託のない明るさで太一に言う。太一は、返事をせずに園子の方を向いた。

そして、大きく息を吸い込むと、プクプクと息を吐き出し顔の前で水を泡立てた。園子は、構わずに太一に言う。

「この赤い石でいいでしょう。投げるわよ。」

石取りとは、太一ら子供たちが海や川で泳ぎながらよくやるゲームだ。単純な遊びで、ただ投げて沈んだ石を、潜って先に取り合うゲームだ。しかし、水の中なので自由に走り回ることができずに、石が沈んだ所までなかなか進むことができない。さらに到着したら潜ってその目当ての石を素早く探し当てなければならなかった。

太一が躊躇しているのを構わずに、園子は石を投げる。

「それーっ。」

園子は、声を上げて赤い石を投げると、すかさず駆け出した。同時に太一も、無意識に駆け出していた。二、三度石を取り合ううちに、いつしか太一の心も和《なご》んでいた。そして、二人は、無邪気に石取りに興じていた。太一は、園子と競って石を取り合う度に触れ合う園子の膚《はだ》の滑《なめ》らかさに、心を震わせた。そして、息苦しくなるほどの胸の高鳴りを覚えていた。

美代が太一の視界に入った。太一は、美代がいることを忘れていた。しかし、考えてみると園子と二人だけでなく美代がいることで、太一の心はずいぶん軽くなっていた。

太一は、手に持った石を美代の方へ向かって、

「それーっ。」

と、大声を上げて投げた。園子がすぐにそれを追う。太一も勢いよく水底を蹴って、赤い石へ向かって水の中を駆け出した。

5

村芝居と綱引きが行われる八月十五日が近づいていた。

楚洲は、小さい村ながらも毎年八月十五日には村人総出で昼間は綱引き、夜は村芝居を行っていた。一年の豊作を感謝し、祈願するための村行事である。

沖縄本島の各地では、このような「シチビ（節日）」と称せられる行事が各月ごとにいくつか執り行われていた。農作物の栽培や収穫の過程の中で節目をつけ、神に供物を捧げる日を設け、各家庭で豊作と無病息災を祈願するのであるが、村全体の行事として盛大に行われる「シチビ」も数多くあった。「八月十五日」もその一つであった。

八月十五日以外にも主なシチビがいくつかあった。たとえば、一月には「ジューロクニチ（十六日）」と称し、墓前に親戚一族が集まり、死者の霊を祀って豊作を祈願した。

二月には「彼岸祭」、三月には「サンガッサンニチ（三月三日）」。サンガッサンニチには、村人皆が浜へ下り、女たちは海水で禊《みそぎ》をした。

　四月には「アブシバレー（畦払い・悪虫払い）」、五月には「ヤマウガン（山御願）」、七月には「盆祭り」。この月には他に、七夕、シヌグ、ウンジャミ（海神祭）、エイサーなど多くの行事があった。

　十二月には、「ムーチー（鬼餅）」。一〇センチほどの細長い餅を月桃《げっとう》の葉で包んで束ね、それを火の神、仏前、床の神などに供え、また軒下や天井からぶら下げておいた後、皆で食べる。餅の煮汁は「ウニヌヒサヤキヨー（鬼の足を焼けよー）」と唱えながら家の隅々や門口にこぼして、一年間の悪鬼や災疫を追い払った。

　村人たちにとって、年中行事は欠かすことのできない大切な行事であった。「シチビ」を設けて神へ祈ることは、また同時に一年間の生活のリズムを形づくってもいたし、神に対して忌みこもりする日であったがゆえに、逆に休息の日にもなっていた。

　今年の八月十五日は、太一にとってこれまでと違い、少し淋しい日になりそうであった。お父とお母が村芝居の舞台に上がらないからだ。お父とお母は息の合った踊り手で、早弾きの三味線に合わせて踊る「加那《かな》よー天川《あまかわ》」は得意中の得意であった。何年もの間、八月十五日の舞台では、お父とお母がその踊りを踊り続けていた。太一はそのことが自慢でもあったが、今年はお母の病気のために、二人の踊りは見られない。お父とお母に替わって、今年は辰兄ィと、梅子ネエが舞台に上がる。

おばあやおじいの話では、辰兄ィは芝居に出演し、梅子ネエは、舞踊「浜千鳥」を踊るということであった。太一はお父とお母の気持ちを考えると一抹の淋しさを感じたが、それでもその夜の来るのが待ち遠しかった。

村の御願所《うがんじょ》前の広場では、数日前から舞台づくりが始まり、徐々にその日を迎える準備が整っていった。舞台は、仮舞台でソテツの葉やすすきの葉を並べて目隠しや壁を作っただけの簡素なものであったが、太一には、大層立派に見えた。

その舞台の前ではさらに、大人たちが掛け声をかけ合いながら、当日引かれる綱を藁で編んでいた。

その日は、まず昼過ぎに村人総出で鐘や太鼓を叩き合いながら、綱が舞台前の広場から砂浜に持ち運ばれた。綱はミージル（雌綱）とウージル（雄綱）の二つが作られており、それを、村を南北に二つに分けたそれぞれの組が担いで砂浜に下ろした。やがて古老たちの合図によって綱は中央で結び合わされ、老若男女皆揃って二度、綱を引き合った。

日暮れからは、芝居や舞踊が舞台で披露される。村人のだれもがムシロを持ち寄って舞台前に敷き、家族ごとに好きな場所を陣取って手弁当の御馳走を広げながら観賞した。

太一ら子供たちにとっても、その舞台は楽しみであった。確かによく知っている村人の一人であるに違いないのに、化粧をして舞台に上がるとまるで別人のように振る舞う大人たちに、太一はびっくりした。

　お父も源助じいも、タエおばあも美代も、そして幸子までもタエおばあに抱かれて一《ひと》所《ところ》で舞台を見物した。梅子ネエと辰兄ィが舞台に立った時は、太一は人一倍大きな拍手を送った。梅子ネエは、出番が終わるとすぐに皆の所にやって来て、幸子を抱いて一緒に舞台を見た。

「加那よー天川」は、今年は園子のお父の栄作とお母のトキが踊った。

　太一は、その踊りを見ながら、これまでと違う感情を抱いている自分に気づいた。園子のお母が、踊りの途中で片袖を脱いで真っ赤な肌着を見せた時、太一は強く大人の匂いを嗅いだのである。まだ知らない性の匂いだ。園子のお父とお母が繰り広げる舞台での仕種が、男と女の誘惑や逢瀬の仕種に見えてきたのである。途中三味線の音が止まり、二人が舞台の奥で静かに膝立ててしゃがんだ時には、思わずその沈黙の間に繰り広げられる男と女の姿態を想像して、自分の高鳴る鼓動が、周りの者に聞こえるのではないかと心配するほどに感情を高ぶらせた。

　そして、太一は、はっきりとその対象に園子を想像した。園子のお母に園子を重ね、園子のお父に自分を重ねて、手を取り合って遊んでいる二人の姿を想像した。一緒に楚洲川を泳ぎ、遊んだ時の園子の姿態がまぶしく頭に浮かんでくる。園子の裸体の記憶が、太一の心をさらに高ぶらせた。

辰吉はその夜、ついに最後まで家族の席にはやって来なかった。

辰吉が千恵と連れ立って村を出て行ったことが分かったのは、祭りが済んでから二日目の晩のことであった。その晩、千恵のお父の喜助が血相を変え、烈火のごとく怒って松堂の家に怒鳴り込んで来たのである。しかし、源太にも源助にも、もうなす術がなく、喜助の怒りがおさまるまで、ただ黙って耐える以外になかった。

6

夏の終わりを惜しむかのように、暖かい日差しが庭のユウナの木々に跳ねている。木漏れ日がきらきらと輝いている。静江は、波の音も久しぶりに聞くように思った。縁側から眺める庭の景色は少しずつ変わっていくようだ。草木も、落ち葉も、石ころさえも生きているように見える。じっと眺めていると庭の土さえ生きて呼吸をしているように思えてくる。たった数坪余りの狭い庭なのに、無数の生き物たちが蠢《うごめ》いているように見える。そのものたちからは、家の中の景色はどのように見えるのだろうか。変わりゆくものなど、まるでないのであろうか。それとも、やはり少しずつ変わっていくのであろうか。しかし、少しずつならいい。急激に変わっていきさえしなければ何とかなる。急激に変わっていくから悲しいのだ……。

源太の置いてくれた木の切り株が、庭にぽつんと淋しげに座っている。あの大きな切り株が、身を縮め、地面から浮き上がって、今にも風に吹き飛ばされそうに見える。もう、何日も畑に出ていない……。

静江は、寝入っている幸子の傍らで両手をつき、よつんばいになって上から見下ろす姿勢のままで、ぼんやりと外を眺め物思いに耽っていた。

突然、そんな静江の視界に源太が入ってきた。いつの間に帰って来たのだろう。今頃は、畑にいるはずの夫がどうしたのだろう。まだ夕方には早過ぎる。夫は、流れるような汗をぬぐっている……。

「暑いなあ……。」

源太の言葉に、ぼんやりと夫を見ていた静江は我に返り、慌てて立ち上がると、お茶を入れに土間に向かう。立ち上がりながら、夫に尋ねてみる。

「どうしたのですか、お父、何かあったのですか。」

と、言いながら、静江は、今、我が家には何かがあり過ぎるのだということを思い出して、口をつぐむ。自分のことで、どんなにか家族の者皆が心を重くしているかが、静江には手にとるように分かっていたからだ。辰吉も、自分のことが原因で家を出たに違いない。タエや源太と言い争っているのを何度か見たことがある。たぶん、自分のことが原因であったはずだ。千恵とはうまくやっているだろうか。幸福な結婚ができたはずなのに……。静江は、自分の言った言葉に、ひどく心を苛《さいな》まれた。

源太は、静江のそんな心の動きには全く無頓着に足袋《たび》を脱ぎ、返事をすることもなく家の中に上がり込んで、一番座で寝ている幸子の顔を覗き込んでいる。静江が茶を持って行くと、そのまま幸子の傍らに座り込んで茶を啜《すす》った。このようにゆっくりと夫に向かい合うのは久しぶりのことのような気がする。

「幸子は、とてもチュラカーギーになるぞ。目鼻立ちがお母に似ているからな。」

寡黙な夫が、いつになく冗談を言って笑っている。

「こんなふうにして茶を飲むのも、久しぶりのような気がするなあ。」

先ほど静江が考えていたのと同じことを、源太も考えていたのかと、静江は少し可笑《おか》しくなる。源太は、その照れを隠すように、

「ダア（どれ）、太一と美代は、どこへ行ったかな。」

と、子供のことに話題を移していく。それが分かるだけに、静江にはさらに可笑しく思えてくる。久しぶりにゆったりした気持ちになって、夫に返事をする。

「どこへ行ったのでしょうね。先ほどまでユウナの木の下で遊んでいたんですが、また、川の方にでも行ったのですかね。太一は、どんなに寒くても一日に一回は川に行かなければ気が済まないようですよ。」

静江は、笑いながら夫の茶を注ぎ足し、黒砂糖を入れた菓子箱を前に寄せてやる。

日差しは、いつの間にか和らいで、少し膚《はだ》寒いほどの風が二人の頬を撫でていく。しかし、二人とも、子供の話題が尽きると急に寡黙になっていくことに気づいている。沈黙の時に考えることは、たぶん二人とも同じことだろう。静江は、思わず醜くはみ出た自分の手を、袖を引っ張って、夫に気づかれぬようにそっと袖の中に隠し入れる。

夫の髪にも白いものが混じるようになった。それ以外は、若い頃、村の女友達の嘉代やマツたちと噂をしたあの頃の夫とどこも変わらない。眉が太く、男らしい唇をしているとマツが冷やかしていた夫の眉や唇。伏し目がちに相手を見上げる所作や、少し猫背に歩く癖も昔のままだ。静江を思ってくれる優しさも昔のままだ。三人の子供たちは、そんな夫に似てくれればいいがと思う。

「お父……。」

と、静江は口を開いた。「苦労をかけて済まない」と言おうとした矢先に、源太がその言葉を遮って言う。

「静江、何の心配もしなくていいからな。今のままでいいからな。」

夫には、いろいろと苦労をかけているのが分かる。村人の遠慮ない中傷や、年寄りたちのあけすけな嫌味を、夫は一身に受けているのだろう。心優しい村人といえども、私のこの姿を見てはやむをえないことだ。

「静江、ダア、わしは、今日は奥村の診療所まで行ってきたのだが、幸喜タンメーは、お前のことを心配していたよ。一度は、連れて来なさいと言っているのだが、どうだ、通ってみるか。」

源太は、思い切って静江に言う。

幸喜タンメーには、一度診てもらって心配をかけている。たぶん、幸喜タンメーの不安は的中した。ナンブチであることはもう間違いない。いまさら診療所に行くこともないだろう。それに、奥村までは二里も離れている。それも道とは名ばかりの道無き道を歩かねばならない。右の足首は、伸びたままで曲がらなくなった。今の静江には、とても遠くまで歩くことなどできはしない。静江は、このままで、できることならこの村で

「お父、私にハナレヤーでも造ってくれないだろうか……。自分でも分かるのだが、もう長くはないと思う。」

一生を終えたいと思う。

「アリィ、また、フリムニーィシィ（ばかなことを言って）。村の者たちがあれこれ言うのは気にするな。幸子も生まれたばかりではないか。必ず、よくなるさ。お前が気を強く持たんとどうするか。」

「ありがとう、お父。でも、何かしらシイーヌ（精が）抜けて、意地のイジラン（出ない）。」

「アリィ、お前が意地イジャサント（出さないと）、だれが意地イジャスガ（出すか）。何も心配することはないよ。」

源太は、静江を見る。静江はじっと顔を伏せている。涙を耐えている。それでも、だんだんと涙声になってきている。今の静江には、耐えるものがどんなにか多いことだろう。どうして静江が、このような酷い仕打ちを受けなければならないのだろうか。静江が、何か悪いことをしたわけではない。静江の何かが変わったわけでもないのに……。

源太には妻が哀れでならない。

「静江、明日から通うからな。」

「お父、お願いだからハナレヤーを造って下さい。私は、もう歩くこともできないのだから……。」

「当たり前さ、分かっているよ。わしが背負って行くさ。」

静江は、顔を上げることができなかった。もうこれ以上何を言っても無理だろう。一度言い出したら決して引き下がることはない。夫の頑固さは、十年近く一緒に生活した静江にはよく分かる。それよりも、堪えている涙が膝の上に組んだ醜い手の甲に落ちていく。夫は、このような私になお、優しい言葉をかけてくれる。私は、もうすぐ三〇歳になる。これだけの人生で充分だった。充分に幸福だった。もう、満足せねばならないのだ……。

子供を生ませないでくれと頼んだ時、夫は許してくれなかったが、その時に決断すべきであった。今では、もう遅過ぎるぐらいなのだ……。

「静江、分かったな。明日は早いぞ。どれ、それでは、わしは畑へ出かけるからな。いいな。」

源太は、残りのお茶を一気に飲み干すと立ち上がった。

「お父。」

と、静江は言う。

「芋が、鍋の中に入っていますよ。持っていらっしゃい。」

後は、言葉が続かない。

源太は、それに頷き、もう一度幸子の顔を覗くと、静江の差し出した芋を弁当籠に入れ、腰にしっかりと結び付ける。そして、縁側で足袋を履き、外へ出た。その夫の背中に、静江は何度も何度も心の中でお礼を言った。

7

その夜、静江は家族の者皆が寝静まった後、そっと家を出た。吹きつける夜の浜風が膚に冷たい。外へ出て歩き出して初めて、ああ、自分はこんなにも痩せ衰えて弱っていたのかと思う。浜風が裾をめくる。その裾の下に、自分の足でないような足が二本、にょきっと突き出ている。まるで節くれだった竹のようだ。静江はその竹のような足で、よろよろと歩き出した。

楚洲川の川沿いに裏山に登る間道がある。その登り口の近くに、ユウナの大木が生い茂っていて、昼でもひんやりとした膚寒さを感じさせる所がある。静江は、その場所にやっとの思いで辿り着いた。振り返って我が家の方角を見るが、もちろん、もう灯りを見ることはできない。それが分かっていながらも、背伸びをして我が家の方角を眺める。闇がすべてを覆い隠している。せめて、我が家の見える裏山まで登ってみようかとも思うが、今の自分には登れる自信がない。さらに、そこには必要で適当な木があったかどうかを思い出すことさえ億劫になってくる。

ユウナの丸い大きな葉が、ざわざわと音を立てる。いつぞやも、我が家の庭にあるユウナの木を月明りの下で眺めたことがあった。あの時は幸福だった。否、今も幸福だと思う。死を目前にしても、人はこんなにも幸福な気分になれるのかと、不思議な感じさえする。何もかもに感謝したい気持ちになる。

今さら、自分の宿命を呪っても仕方がない。それよりも自分のことで、皆が辛く苦しい思いをしていることが、静江には耐えられない。実家のお父とお母が、私を引き取りに来てくれたけど、村人からなお一層白い目で見られて、さぞ辛い思いをしていることだろう。妹の芳枝や正枝、それに弟の貞造や貞喜はどうしているだろうか。私のことで、皆辛い思いをしていないだろうか。私のことで、幸せな結婚ができなくなったりはしないだろうか……。

義弟の辰吉が、家を飛び出し、千恵と一緒に村を出た。静江には、自分の病いのせいで、辰吉が村を出て行ったのだと思われて仕方がない。少なくとも、その大きな原因は、私にある。源助じいやタエおばあは、私のせいにはしないが、逆にそれがなお辛い。

義姉の米子が、そっと松堂の家へやって来て、タエおばあに愚痴をこぼしているのも聞いたことがある。あれやこれやと周りの者から言われ、嫁ぎ先でも肩身の狭い思いをしているのだろう。皆に迷惑をかけた。これで、皆が楽になる……。

静江は、適当な枝を見つけると、用意してきた縄を投げてその枝に引っ掛けた。枝がざわざわと大きく揺れて音を立てる。それから、足元に周りの石を集め、積み上げて足場を作る。石を積み重ねるその音が、闇の中でかちかちと淋しい音を立てる。

静江は、石に登り縄を結び、しっかりとその縄を摑まえて枝を揺すって確かめると、背を伸ばして立ち、ゆっくりと縄に首を掛けた。一瞬、「お母、抱っこしてちょうだい」という美代の泣き声を聞いたような気がして、そのままの姿勢で辺りを見回してみる。気のせいだ。やはりだれもいない。相変わらずの闇の中で、ざわざわとユウナの木が揺れているだけである。

静江の胸に、一気に太一、美代、幸子の三人の子供たちへの思いが満ち溢れてくる。太一が怒ったようなしかめっつらをして、こちらを向いている。美代が泣いている。幸子が腹這いになって頭を上げ、笑っている。涙がどっと溢れてくる。歯を食い縛って涙の流れるままにする。それを打ち払うように激しく頭を振って、

「お父、頼みますよ。」

と心で叫ぶと、静江は思い切り石を蹴った。ぐわっと縄が首に食い込み、苦しくなる。思わず手を縄にやるが、すぐに観念して手を放す。やがて、両腕が肩からもぎ取られていくような感覚が襲ってきた。手足の先が痺《しび》れて、力が抜けていくような感じがする。その感覚に身を任せていると、そのままふぅーっと静江は意識を失った。

山は、泣いているのか叫んでいるのか分からない。浜風が、村の背後に迫っている山膚の断崖に当たり、間断なく上空に吹き上げていく。その時、風は言いようもない淋しい音を立てて天に舞い上がる。そして、それに呼応するかのように、山の一つ一つの樹々が悲鳴を上げる。それは、時には、濁音のすべてを混ぜ合わせたような地鳴りのような音になって、あらゆる方角から聞こえてくる。時には、一つ一つの樹々がその己れの命の悲しさをすべて集めて手を擦《こす》り合わせて悲鳴を上げているようにも聞こえてくる。音に強弱はあっても決して途絶えることはない。山の慟哭である。

静江は、その音を聞いたような気がした。激しくだれかが自分の身体を揺すっている。激しくだれかが自分の名前を呼んでいる。闇の中で、ぼんやりと遠くに透き通る蒼天の空が見える。ちかちかと輝いている星が見える。その空が遮られたかと思うと、源太の顔が見えてきた。

「静江、静江ーっ。」

と、源太の声が遠くから聞こえてくる。その声は、だんだんと大きくなる。やがて、はっきりとユウナの木の影絵が上空に浮かび、ざわざわと立てる音が聞こえてきた。

静江の頬に、源太の涙が落ちる。

「静江、ばかたれ、ばかたれ、ばかたれが……。」

源太はなおも激しく静江の身体を揺すっている。静江は、

「お父……。」

と、小さく声を出してみる。お父の匂いが鼻を塞ぐ。懐かしいお父の匂い……。強く抱きしめられて息が苦しくなる。

「ばかたれ、ばかたれ……。」

と、お父の声が、耳元でなおも聞こえてくる。

「お父……、お父。」

静江は、我に返って叫んだ。

「お父、死なせてちょうだい……。」

静江は、絞り上げるような声を出して夫に頼んだ。後は涙になって続かない。やっと

の思いで再び言う。

「死なせてちょうだい。お父、死なせて下さい。」

「ばかたれ、静江、何を言うか……。何で死ぬのか。死んではだめだぞ。残された子供たちはどうなるか……。世ヤ捨ティテン、身ヤ捨ティンナ（世は捨てても、身は捨てるな）と言われているではないか。この人の世、明日はどうなるか分からない。何で、自分から身を捨てることがあるか。」

「お父、自分のことは、自分がよく分かる。私の病気は悪くなるばかりで、もうよくはなりません。このまま朽ち果てて死を待つよりか、いっそひと思いに死なせて下さい。お願いします……。」

「ばかたれ、命のことは、先は分からん。気持ちを強く持ってくれ、いいか静江。お前が死んだらどうなる。いいことがあるか。幸子はどうなる。美代や太一はどうなる。病いを治して、子供たちを抱きしめたくないのか。お前がお母なんだ。子供たちだって、そのことを願っているはずだ。ヌチヌサダミヤワカラン（命の定めは分からない）。自分で自分の命を殺してはいけないよ。生きていてこそユガフー（世果報・よいこと）もあるんだ。ばかなことをしてはいけないよ。分かったな、静江。」

荒立った息が整ってきた。源太はやっと落ち着きを取り戻した。不思議なことに、言葉が次々と溢れてくる。いつも寡黙な源太にしては珍しいことだ。

静江は、まだ涙声のままで動悸が止まらない。喘ぎながら、源太に言う。

「お父、だけど皆に迷惑をかけてチムグリサン（心苦しい）。私がこんなになったばかりに……。おじい、おばあにも、辰吉にも迷惑をかけて……。」

「何を言うか、辰吉には辰吉の夢があったんだ。ウミンチュになる夢がな。南洋に渡って船に乗る夢がな。気にすることはない。おじいやおばあは、お前のことを心配はしても家を追い出そうなんてことは少しも考えてないよ。お前だって分かるだろうが……。病気を治すことが、おじいへの孝行だよ、おばあへの孝行だよ。」

「でも、治る見込みもないし、このまま老いて、ヤナムン（嫌なもの）扱いされるのも哀れだし……。」

「静江、治る見込みがないってだれが言ったか。幸喜タンメーだって、そう言わなかっただろう。それだから、明日から診療所へ通うぞ、と言っているんじゃないか。気を強く持って、もうばかなことは言うな。」

源太は、静江が哀れでならない。静江の気持ちが痛いほどよく分かる。しかし、静江には、生きてもらわなくてはならないのだ。理屈ではない。

「静江、トオ（どれ）、わしをここに来させたのは、お前のマブイ（魂）と、わしのマブイが向かい合っていたのだろう。ミートゥンダヤ、カーミヌチビティーチ（夫婦は、あの世までも一緒）と言われている。一人で死んではだめだよ。死ぬのも一緒だ。互いに生きよう。」

「静江、ワラビヌチャー（子供たち）も、どんどん大きくなっていくよ。楽しみだよ。親が辛いと子も辛い。笑イカンティ（にこにこと笑いながら）、お前が頑張らないとどうするか。できるな。生きられるな。分かったな、静江。」

静江は、源太を見た。源太も静江を見た。静江は、涙でくしゃくしゃになった顔で小さく頷いた。ゆっくりと右手を動かして源太の頬に触れてみた。源太は、その静江を力いっぱい抱きしめた。

風は、先ほどまで気づかなかった海の匂いを二人のもとに届けていた。闇はなおも深く、二人の抱擁をすっぽりと隠したままで、いつまでも動かなかった。

8

その日、静江と源太は、未だ夜が明けやらぬ早朝に家を出た。明け方には、ひんやりとした寒さが膚《はだ》を刺していたのに、太陽が昇って日が明け切ると、それが嘘のように暖かく強い日差しになり、二人の上に容赦なく降り注いだ。

静江は、脇の下に帯を通され、子供のようにして源太に背負われた時、さすがに恥ずかしかった。源助もタエも気を利かしたのか見送りには出て来なかったが、思わず辺りを見回して顔を赤らめた。

源太は、静江を背負うと、そのあまりの軽さに驚いてしばし絶句した。まるで、木の葉を背に貼り付けているのではないかと思われるほどに、静江は痩せ衰えていた。そして、そのようになるまでに何もしてやれなかった自分を深く後悔した。幸子を生んだ後に、すぐにでも背負うべきであった。この静江を、今日から奥村の診療所まで背負って通ってやる。必ず元の身体に治させてやると、源太は強く心に言い聞かせて楚洲の村を後にした。

源太と静江は、木漏れ日の差す山道を、また時には熱された砂浜の上を、それ以上に強い日差しを浴びながら、ただひたすらに歩き続けた。

静江は、夫に済まないと思いながらも、なぜか幸福な気分を味わっていた。夫の背中で揺られながら、夫の肩に頰を寄せ、夫の息遣いを身近に聞きながら、結婚前の逢瀬の、あの心ときめかした頃を思い出していた。夢見心地に源太と出会った村のシヌグ祭の日、幼い頃から何度も見てきた村のシヌグ祭の記憶が、源太の思い出に重なって鮮やかに蘇《よみがえ》る。

シヌグ祭は、毎年夏に行われるシヌグ舞という神遊びをする行事である。村落から邪気を払い、豊漁、豊作を祈るのであるが、村の中心にあるアシャギと呼ばれる小さな茅葺き屋根の家を中心に、村人総出で行われる。

シヌグ祭は、まず神酒《みき》を作ることから始まる。神酒は、村の娘たちが米を噛み、それにかゆを加えて作る。もちろん、静江もそれに加わった。静江たちは、いつも心を弾ませ、賑やかに神酒作りに参加した。

祭礼当日になると、カミンチュ（神人）たちが、村のウガンジュ（お嶽）を拝んで神アシャギでの本祭にかかる。男たちは、アシャギ前で神人から盃を受けて、正午頃、山に登る。山では、木の枝を丸めて頭に被り、腰に縄帯を締め、そこにも木の枝葉などをさす。準備が整うと太鼓を打ち鳴らし、「エーヘーホー」と唱えながら、男たちは山から降りてくる。麓《ふもと》で女たちの迎えを受け、アシャギ近くの空地で山から降りてきた全員が合流し、大きな円陣を作り、「エーヘーホー」と掛け声をかけながら円を回り、手にした木の枝で女たちや、山に登れなかった老人や子供たちの肩を軽く叩く。それから、浜に行って山と海に礼拝した後、海に飛び込んで身に付けていた一切のものを流す。海から上がった後は、三味線を弾いて歌い踊る村人たちに迎えられて、アシャギ前に引き上げるのである。

アシャギ前では、次々といろいろな行事が行われた。たとえば、猪に扮した男を弓で射る行事や、田草を取る行事がある。また、女を犯した男を仕立てて男の手を縛り、大衆の面前で殴って制裁する行事もある。さらに、一本の丸太に数十本の縄を付け、青年男女がその丸太を持ち、「ヤーハリコー」と掛け声をかけ、アシャギ庭の中央で左右に向かって数回走った後、最後にアシャギに向かって突進し、屋根に激しくぶつかる行事もある。

それらの行事が終わった後、シヌグ祭の最後を飾るウスデーク（臼太鼓）が踊られる。ウスデークは女たちの出番である。村の老若の女たちが総出でアシャギの前で大きな輪を作り、「ウムイ（神への思い）」に和して踊りが踊られる。輪の中の数人の長老たちが、小さな鼓を持ち、調子を取りながら声を張り上げて村人全体の「ウムイ」を述べる。もちろん豊漁、豊作、豊年を祈願する「ウムイ」を述べるのであるが、それに輪になった女たちが皆和して踊るのである。

静江の生まれた安田《あだ》村のシヌグ祭は、規模が大きくて隣村の安波《あは》や楚洲からも人々が見物にやって来た。静江と源太は、そのシヌグ祭の夜に出会ったのだった。

源太に初めて声をかけられた時、静江はどぎまぎして何がなんだか分からなかった。ウスデークを踊った後、皆でモーアシビにでも行こうかと、祭の火照《ほて》りをそのままにして、友達の嘉代やマツと相談し合っている時だった。

しかし、静江以上に源太はどぎまぎしていた。あの困った顔を思い出す。あれ以来、あの顔は見たことがないが、その日以来、静江の心には純朴な源太への思いが宿って大きく膨らんでいった。二里の山道を越えて、何度も逢いに来てくれた源太。おにぎりを作って、源太がやって来るのを胸のつぶれるような思いで待っていたあの夏の日の河原での逢瀬……。

源太と知り合ってから、あっという間の結婚だったが、静江を不安にさせるものは何もなかった。静江は、この人を幸福にしてやりたいと強く思ったものだ。そして、その思いは今なお変わってはいない。この人を愛している。この人を、もっと愛したい。この人と、もっと生き続けたい……。

そう思うと、涙がとめどなく溢れてくる。静江は、源太から見えないことを幸いに、声を押し殺し、源太の背中で思い切り涙を流した。涙をぬぐった後で、心の中で夫の名前を呼んでみる。それから小さく、夫の耳元で名前を呼ぶ。

「源太、源太……。」

「源太、源太、疲れたでしょう。少し、休みましょう。」

源太は足を止め、静江を振り返る。そして、にっこり笑って静江を見る。静江は、源太のすがすがしい笑顔を久しぶりに見るような気がする。源太の額からも頰からも汗が吹き出している。静江には、一瞬それが涙のようにも見えたが、源太はすぐに前を向いて歩き出した。そして、急に一歩一歩リズムを取るような歩き方に変えながら、逆に背中の静江に尋ねた。

「静江、疲れたか。」

「いいえ、私は何ともありませんが、お父は、疲れてないですか。」

「わしは、このぐらいは何ともないよ。だけど、次、木の陰に着いたら、一緒に休もうな。」

そう言って、源太は額の汗を手で払う。静江は、慌てて背後から夫の首すじや顔の汗をふいてやる。

楚洲から奥まで約二里、道無き道を歩いて、往復にたっぷりと一日はかかる。奥は、静江の生まれた安田とは楚洲を挟んで反対の方角にあり、奥と安田との間に挟まれたその中間の位置にあるのが楚洲である。楚洲の村は、両隣の奥や安田に比べると、人口がそれらの四分の一にも満たないほどの小さな村であり、楚洲の人々にとって、南の玄関が安田であり、北の玄関が奥であった。

楚洲の村から奥までの道は、海岸線に沿うようにして続いていた。道といっても粗末なもので、ただ海岸沿いに砂浜の上を歩いたり、岩石の上を渡ったり、また海岸線まで迫った山膚を駆け登ったり、時には雑草が生い茂る山道や深い木々の下をかいくぐることもあった。しかし、いずれの道も人が歩くから道と呼べるような道で、山中の道は、雨が降れば亀裂が入り、馬さえ歩けなかった。さらに砂浜の上を歩く時などは、満潮時になると崖に縋《すが》り付くようにして波を避けて歩かねばならなかった。縋り付くようにして歩くその格好から、人々はそのような箇所を「シガイ（すがる）」と呼んでいたが、いわゆる「シガイ」の箇所は、楚洲と奥の間には数箇所もあった。

静江と源太は、そのような道を、まる一日かけて歩いたのである。源太の背中で、源太の揺れに合わせて、源太の鼓動を聞きながら、静江は一緒に揺れ続けた。

二人が、奥村へ着くと、幸喜タンメーは感嘆の声を上げて二人を迎えた。手を取って労をねぎらい、それから、すぐに静江を励ましながらじっくりと診察を開始した。診察を終えた後、幸喜タンメーは、源太を呼んで結果を告げた。やはり予想した通り静江の病いはナンブチであり、そして病いは予想以上に速く進行している。もう治る見込みはないかもしれぬ。隔離した方がよい。子供との接触は、特に避けたほうがよい。少し遠いが専門の療養所を紹介してやる。今一度、しっかりとした診断を受け、治療を受けるようにと……。

源太は、息が詰まるような思いで幸喜タンメーの言葉を聞いた。無念の思いと同時に、深い絶望へ突き落とされた。何ということだ、もう治る見込みがないなんて……。静江に何と言えばよいのだ……。幸喜タンメーの後の言葉は、もう耳に入らない。源太は、唇を噛みしめて天を仰いだ。

源太と幸喜タンメーとの間に、長い沈黙の時間が続いた。源太は、どっと疲れが出たようで身体が痛い。足腰が痛む。足元に目をやると踵《かかと》に血が滲んでいる。肩や脇腹が痛む。その痛みの中で、源太は静江のことを考えた。考えながら、ふと、自分が今静江にしてやれることは、この痛みを有して静江を背負い続けることではなかろうか、という思いが浮かんできた。自分や静江の絶望感にだけ囚われていたが、静江にしてやれることを考えるのも大切なことなのだ。イクサが始まっている。療養所は遠い。もう、静江をそんなに遠くまでやることはできない。

源太は、幸喜タンメーに向き直った。

「幸喜タンメーさん、お願いしたいことがございます。どうかかなえて下さい。静江を、この診療所にしばらく通わせてもらえませんか。そして、静江には、治る見込みがないということは、黙っていて下さいませんか。どうか、お願いします。お願いします……。」

幸喜タンメーは、驚いて源太を見た。もちろん、病いの状態を静江に黙っておくのは、たやすいことだ。驚いたのは、源太が静江を背負って通うということだ。幸喜タンメーも、奥と楚洲の間が困難な道であることを充分承知していた。身一つで歩くこともやっとなのだ。何度も何度も通うことなど、とてもできはしない。それに、こんな小さな診療所では、充分な治療ができるわけがない。県庁に報告する義務もある。幸喜タンメーがそう言おうと思った矢先だった。再び源太が口を開いた。

「どうか、そうさせて下さい。お願いします。わしが、静江にしてやれることといったら、もう背負うことしかない……。静江の気持ちを思うと……。どうか許して下さい。ウニゲーサビン（お願いします）……。」

源太は、必死になって幸喜タンメーに何度も何度も頭を下げた。幸喜タンメーも源太の必死の思いに何か感ずるところがあったのだろう。

「分かった、分かった、あんたがそれでいいのなら、そうしてもいい……。」

そう言って源太の肩に手を置き、あとは無言のまま何度も肩を叩いた。源太は、幸喜タンメーへ縋り付くように深々とお礼を述べた。

源太は、再び静江の脇の下に帯を通して静江を背負い、診療所の門を出た。静江のことをどこからか聞きつけてやって来たのだろう。数人の村人たちが診療所を取り囲むように群がっていた。腕組みをしながら、静江たち夫婦をいまいましそうに見つめていた。幸喜タンメーが手で村人たちを追い返すと、村人たちは後ずさりながら、さも苦々しそうに静江と源太を見て、唾を吐いた。

村人たちは、門を出た源太と静江の後を遠巻きにしながらずっとついてきた。その数は、子供たちをも含めてだんだんと膨れ上がった。そして、源太と静江を口汚く罵った。

「おい、ナンブチ、二度と来るんじゃないぞ。」

「ハゴーサヌ（汚いな）、ヘエークナーケエーレー（早く帰れ）。」

「ケエーマーシェーヒャー（死んでしまえ）。」

静江と源太は、黙ってそれを聞いた。その声の中を、ただ黙々と歩き続けた。

村外れまで来ると、二人に向かって石を投げ、激しく追い立てる者も出始めた。その石が静江の背中に当たり、振り返った源太の額に当たって血が流れた。それでも村人たちは、源太と静江の姿が見えなくなるまで激しく罵り、石を投げ続けた。

静江は、村人の姿が見えなくなり、村の家々が見えなくなる山頂まで来ると、源太の背中で堰を切ったように泣き出した。源太は、その静江の泣き声を聞きながら、力を込めて、これからも奥村へ通い続けることを告げた。そして、幸喜タンメーの言葉を思い出しながら、ぐっと唇を噛みしめ、静江を励まし、己れを励ました。

源太にも、もう口元に流れ込んでくる雫が、汗なのか涙なのか、額から流れ出している血なのか分からない。顔を歪めながら、必死に溢れでそうになる悲しみを堪《こら》えた。静江にたくさんのことを話したいが、話し出すと耐えているものがどっと溢れてくるような気がする。静江が、太一を生んだ時のあの嬉しそうな顔……。そんな静江がもう治らないなんて、どうして信ずることができよう。とても耐えられない……。源太は、一歩一歩大地を踏みしめながら、その思いを振り払うように歩き続けた。

静江は、源太の背中で揺られながら黙って夫の息遣いを聞いた。たぶん、もう自分は治らないだろう。夫は、そうではないと言い張るが、だいたいの察しはつく。でも……、もうどうでもいいことだ。このように夫の背中で揺られながら、夫の思いに触れ、夫の鼓動を聞くことができる。このように夫と一つになることができる。たとえ死ぬことがあっても、夫の背中に揺られながら息を引き取ることができれば、何の悔いが残ろうか……。

静江は、源太の背中に顔を押しつけて泣き声を殺しながら、夫に感謝した。夫の匂いが静江の全身を包む。浜風に吹かれながら、静江は夫の肩を強く抱きしめた。

静江は、シガイを登り、断崖を登った頂上から眼下に広がる海の透明な蒼さを見た時、思わず極楽浄土を見たような気がした。吹き上げて来る浜風が何とも心地よい。あの世から幸せをもたらす「ニライカナイの国」は必ずある。「常世《とこよ》の国」は必ずある。それが、足元の海の蒼さの中に見える。水平線のかなたに見える。いつの日か、きっと私たちにも幸福をもたらしてくれるはずだ……。静江は、源太にもそれを見せたいと思った。涙をぬぐい、「お父……」と声をかけた。

9

源太が、静江を背負って奥村へ通っているという噂が楚洲の人々の間に流れ始めた。またそれを見たという者も出始めて、村人の間に渦巻いていた松堂家の人々へ対する不満と不安は、徐々に驚嘆の思いへと変わっていった。一つの影のように、源太と静江が闇の中を、あるいは夜明け前の砂浜を歩いていく姿を見て、そのことが名状し難い感動をもって語り始められた時、皮肉にも源太のもとに召集令状が届いたのである。源太が静江を背負って奥村へ通い始めてから、やがて半年も過ぎようという昭和十九年十月のことであった。

戦争は、この山間の小さな村にも、この夫婦の間にも、容赦なかったのである。楚洲の人々にとって、戦争は山の向こう側、海のかなたの遠い所で起こっていることであった。伝えられる情報は､勝ちイクサの話ばかりで､危機感はほとんどなかった。高い山々を背に、広い海原を前に、声にこそ出さなかったが、だれもがここは戦争と関係のない場所だと勝手に思い込んでいたのである。しかし考えてみると、山には、向こう側もこちら側もないのだ。当然、海もそうであった。あっという間に、怒濤のように押し寄せて来た戦争に、村人は、全く無防備であった。

召集令状は、源太と同じ日に、村の働き手の多くの者に届いていた。苗の夫の山城徳蔵にも、トシ子の夫の渡口釜助にも、茂子の夫の森根盛徳にも、トキの夫の山城栄作にも、届いていた。だれもが、妻のこと、子供のこと、親のことを心配した。しかし、だれもがそれを口にすることなく、笑って故郷を後にした。源太もまた、例外ではなかった。あっという間に、村から多くの働き手が消えたのである。

村人たちは､イクサがやって来たことを身をもって知ったのである。出発の前夜には、村で質素な壮行会が催された。翌日の朝早く、村人総出の万歳の声に送られて、十数人の村の男たちは、集合場所の名護を目指して村を離れた。

静江は、その朝、自分の前に立って出発を告げた源太の泣き顔とも笑い顔ともつかない奇妙な笑顔を、深く脳裏に刻んで、夫に別れを告げた。慌ただしい中で繕《つくろ》った新しい肌着を持っているかどうかを確かめることができただけで、後は言葉が続かなかった。源助も、タエも、梅子も、太一も、美代も、そしてもうすぐ二歳になる幸子も、梅子に抱かれて家族皆が見送った。

源太は三人の子供たちの頭を撫でながら、やがて馴れない手つきで皆に敬礼をして笑わせた。源助だけが不動の姿勢で源太に敬礼を返した。源太は笑って源助の所へ歩み寄ると、肩を抱いて何か耳元でつぶやいた。そして、静江の所へやって来て無言のまま肩に手を置くと、そのままくるりと背中を向けて歩き出した。太一と美代が、弾《はじ》かれたように源太に縋って歩き出した。

太一は、村外れまで、村の者皆とお父を見送った後、急に静かになったその喧騒後の淋しさの中で、なぜかとてつもなく大きな不安に襲われた。それは、太一が初めて死というものを考えたからであったからかもしれない。戦争と死とが結び付き、またお父と死とが結び付いた。もちろん、戦争で死に、もしくは生きるということがどのような意味を持っているのか、まだ幼い太一には充分に理解できなかった。しかし、それだけに、お父はもう帰って来ないのではないかという不安は大きかったと言ってよい。そして、もう一つ太一を不安に陥れたのは、お母のやつれた姿である。お父がいなくなった今、何かお母の身の上にとんでもないことが起こるのではないかと、太一は不安になった。そのことを源助じいに尋ねてみようと思ったが、源助じいは、村の者たちと神アシャギの前に敷いたゴザの上で泡盛を酌み交わしていて、尋ねることができなかった。

太一は、自分の頭を撫でながら、美代を抱いていたお父の笑顔を思い出した。そして、自分の心に浮かんだ不安を打ち消すかのように、奇妙な大声を上げて、美代を置き去りにしたままで駆け出した。ゼーゼー息を弾ませながら当てもなく村の中を走り回った後に、太一はいつの間にか楚洲川のほとりに来ていた。膝に手を当て、息を整えながら川を見た。川底に、じっと蹲《うずくま》っている一匹の蟹が見えた。わけもない怒りが込み上げてくる。太一は、身近にある石のできるだけ大きなものを選ぶと、両手で頭上に持ち上げて、蟹をめがけて力いっぱい投げつけた。水が、しぶきを上げて太一にふりかかってきた。顔のしぶきをふいて川底を覗き込んだ。川底は、土煙を上げて濁っていたが、やがてゆっくりとその濁りが流されて石の姿が見えてきた。蟹の姿は、どこにも見えなかった。

太一の不安が的中したかのように、静江は、源太が出征してから見る見る痩せ衰えていった。痩せ衰えていったというよりも、これまで堪えていた病いが一気に吹き出して、静江の身体中の至る所に突出したと言った方がいいかもしれない。手足の指は変形し、顔はむくんで膨れ上がり、眉や頭髪は頻繁に抜け落ちた。

太一や美代にも、お母の病いがだんだんと悪くなっていくのがはっきりと分かった。太一は、お母の爛《ただ》れた顔を見るのが辛かった。できるだけお母と視線を合わせぬようにして、お母の顔を盗み見た。

静江は、自分の顔が、いよいよ幼い頃に見たナベおばあにそっくりになってきたと思った。もうこれ以上、自分の醜い姿を晒《さら》すことには耐えられなかった。源太もきっと許してくれるだろう。源太を送り出した今、子供たちの顔を見るのが、否、子供たちに顔を見られるのが何よりも辛い。子供たちは、こんな私にも「抱っこしてちょうだい」と甘えてくる。それを拒まねばならない。しっかりと抱きしめてやることができないのだ。今では、末娘の幸子も、小姑の梅子に可愛がられて、すっかりなついている。夫に大切にされ、皆に大切にされた自分に何の未練があろう……。

静江は、思い切ってタエに家を出たいと申し出た。タエは、最初、そのことを頑として聞き入れなかった。出ていったら、出征していった源太に申しわけない、とか、一人で暮らせるものではない、とか、病気はだんだんよくなってくるようだ、とか、いろいろと理由を述べた。しかし、静江の決意があまりにも固いのを知ると、しまいには、「おじいと相談してみる」と言って静江を悲しそうに見やった。

タエは、静江を見ながら、本当にかわいそうな嫁だと思った。嫁に来て十年、三人の子供にも恵まれたというのに、今は、しっかりと我が子を胸に抱くこともできない。そして、夫もイクサに取られてしまった。やっと三十路を迎えたばかりというのに、すでにイチグショウ（生後生＝生きている現実の生活が、死んだあの世の生活のように、苦痛悲哀の暮らしである）ような悲しみを味わっている……。嫁の苛酷な運命に、タエは胸が詰まってかける言葉もない。首に巻いた手拭いで目頭をふき、静江の肩に手を置くだけであった。

源助も、最初そのことを頑として聞き入れなかった。しかし、静江が毎日のように泣き縋って頼むその決意の頑固さに、もうこれ以上断わり続けることもできなかった。また、沖縄戦を前に、軍隊が、ナンブチにかかった者たちを強制的に収容して隔離するという噂を聞いたことも、源助の気持ちを萎《な》えさせた。

「源太もガーヂュー（頑固）であったが、お前もガーヂューだなあ。」

と、いうのが、源助の静江への言葉であった。

源助は、村の古老たちに事情を説明し、静江のために小屋を建ててもらうことにした。楚洲川を越え、約半里ほど浜伝いに歩くと、村の南側の岬に着く。その岬には、村の人々がタッチュー岩と呼び慣わしている三角柱の形をした先の尖った大小さまざまな岩があった。そのタッチュー岩を左手に見て岬を回った裏手に、小屋は建てられた。

小屋は二間四方、丸太木を粗削りにした角材を柱にし、壁は寄せ集めの板材を打ち付け、屋根は板屋根で所々には、つぎはぎだらけのトタンが被せられた。小屋の中は、むきだしの土間で、その片隅に竈《かまど》が据え付けられ、わずかに畳一畳ほどの床板が敷かれた。あまりの粗末さに、源助は胸が詰まった。しかし、源助が、静江にしてやれることといったら、もうこれぐらいのことしか残っていなかった。

タエはタエで、小屋ができ上がると静江が断わるのも一切構わずに、二、三日かけて家具や食器や衣服や寝具やを、持ち込めるだけ全部持ち込んだ。またタエにできることも、そのぐらいのことであったのかもしれない。静江は、しかしそれだけで充分だった。

その日の朝早く、静江は人目を忍んで松堂の家を出た。三人の子供たちの寝顔に無言の別れを告げた時には、さすがに涙が止まらなかった。子供たちには何も告げなかったし、また何も言わない方がよいと思った。幼い胸を痛ませることもない。だが、目が覚めて私がいなくなっているのを知ったら、太一も美代もきっと泣き出すだろう。幸子まででも泣き出すかもしれない。幸子は、梅子とタエおばあが、何とか面倒を見てくれるだろう。太一は、しっかりした子だ。美代は、幸子ができてから、すっかり甘えるようになってしまったのが少し心配だ。でも、お父が帰って来たら、何とかなる。お父には、何としても生きて帰って来てもらいたい。私のお願いを、お父はしっかりと受け止めて、聞いてくれただろうか。

それにしても、お父が帰って来たら、私が家を出たことをきっと怒るだろう。目を瞑《つむ》ってお父のことを考えてみる。お父が、イクサで哀しい思いをしている姿だけが浮かんでくる。お父に生きて帰って来てもらいたい、そして私が今、家を出ていくことを許してもらいたい……。

静江は、気を取り直し、源太への思いを振り払うように意を決して、手を合わせ、強く目を閉じる。源太へ詫びを言って再び子供たちの顔を覗き込む。

これがこの子たちとの永遠の別れになるのかと思うと、源助やタエの前で泣くまいと思うのだけれども、どうしても涙を止めることができない。この子たちの幸福のためにこそ、私は行かなくてはならないのだと、自分を奮い立たせる。これが、こんな母親がお前たちにしてやれるたった一つのことなのだ。私もあのナベおばあのようにナンブチ小屋で朽ちるのだ。そして、その小屋にいるのが私だと子供たちに悟られてはいけない。悟られる前に死にたい……。

土間に降りて足袋を履くと、源太の背中に負ぶさって奥村へ通った日々のことが思い出された。源太は、どうしているのだろう。どこで、今頃はイクサをしているのだろう……。

「もっと生きたかった……。」

と、静江は思わずぽつりと声を洩らす。しかし、その言葉を聞いている者は、もちろん静江一人である。そして、これからはずっと一人だけなのだ……。

源助とタエと梅子の三人が見送ってくれた。梅子が小屋までついて行くというのを断わって、静江はまだ明けやらぬ朝の闇の中をゆっくりと歩き始めた。だれもが声のない、淋しい別れだった。

楚洲川の川下を渡る時、川の水は、静江の足元に纏《まと》わりついてぴちゃぴちゃと音をたてた。朝の川の水はひんやりとして冷たい。そう言えば、もうすぐムーチ（鬼餅）の季節がやって来る。イクサもすぐにやって来そうだが、今年のムーチはどうなるだろうか。太一も美代もムーチが大好きなんだが……。正月になれば、太一は一〇歳、美代は六歳、幸子は二歳になる。静江は、川の真ん中で立ち止まったまま涙を流す。意を決して再び歩き出す。川の水は相変わらず足元でぴちゃぴちゃと音を立てて水を小さく跳ねている。足を引きずるようにして、静江は川を渡る。川幅は広く、水は浅い。

静江は、渡りきった後で、もう一度後ろを振り返った。村は静けさの中にまだ沈んでいる。ちょうどその時、太陽がゆっくりと水平線を昇ってきた。その太陽の光線を浴びて、今、静江が渡り切ったばかりの楚洲の川は黄金色に輝き出した。静江は立ち尽くしたままで、しばらくその光景に見入っていた。

10

朝起きた太一が、お母のいないことを知るまでには、そんなに長い時間はかからなかった。太一は、美代を連れて川に顔を洗いに行く前に、必ず土間の片隅や竈の前に座っているお母の姿を見てから出かけるのが習慣になっていた。ところが、その日は、川に行く前にも、川から帰って来てからも、お母の姿は竈の前からも土間の片隅のいつもの場所からも消えていた。もちろん裏座敷にもいない。

「お母がいない……。」

と、太一はすぐに不安を口に出した。お父がイクサに行った後の静けさの中で、お母の身の上に何かが起こるのではないかと感じた不安が、いよいよ本当になったのではないかと思うと、気が気でならなかった。梅子は、

「そんなはずはないよ……。」

と、答えるばかりで、幸子をあやすのに忙しそうにしていて、取り合ってもくれない。美代も、太一の振る舞いにただならぬものを感じたのか、

「お母がいないようー。」

と、泣き出した。タエおばあが、やっと重たい口を開いて返事をする。

「お母はね、おじいが幸喜タンメーの所へ連れて行ったよ。朝早く出かけたので、ダア、合図する暇もなくて、行ってしまったさ。」

太一は、そんなはずはないと思った。そんなはずはないと思ったが、おばあのその返事を聞いた美代が安心したのか泣き止んだので、もうそれ以上口に出して聞くのは止めた。お母が歩けるはずはない。おじいが、お父みたいにお母を背負えるはずがない。それに、もうすぐ村にもイクサがやって来るという。山の中には、那覇や南部から避難して来た人々が小屋を作ったり、ほら穴を掘ったりして隠れているという。友達の盛治の家では、家族が避難できる小屋を山の中に作ったと聞いた。奥村にもイクサがもうすぐ来るだろう。幸喜タンメーだってもう山の中に隠れているかもしれない。もしかしたら、イクサに取られてしまったかもしれないではないか。そう言えば、お父がイクサに行く前に、お母と何かそんなことを話していたようにも思う。太一の頭をあれやこれやの思いが駆け巡って、ついに我慢ができなくなり、怒ったような口調でおばあに言う。

「おばあの嘘つき。もうすぐ、イクサが来るんだよ。」

太一は、感情が高ぶって、途切れ途切れにやっとこれだけしか言えない。おばあが、すかさず答える。

「あれ、おばあが、いつ嘘をついたかね。イクサが来るからといって、お母を慌てて奥村へ連れて行ったんじゃないか。」

太一は、おばあの言うことは少し違う。違う、と思いながらも言葉にならない。あとは涙が溢れてきてどうしようもない。どうしようもない怒りを太一は、おばあに話せない。

「おばあの、嘘つき……。」

「おばあの、嘘つき……。」

と、うわ言のように繰り返す。

おばあは、黙って朝の芋粥を太一の前に出す。太一は涙をふきながらそれを急いで食べると、わめくように席を立って外へ飛び出した。美代が、

「お兄ちゃん……。」

と、呼ぶ声が聞こえる。

「お兄ちゃん、私も行く……。」

背中で美代の泣き声が聞こえる。太一はその声を振り切って、力いっぱい走り出した。

ミーニシ（新北風）が、いつしかこの楚洲の村にも吹き渡り、寒さが少しずつ感じられる日々が続いていた。楚洲川にも今までの生暖かいフェーカゼ（南風）に代わってミーニシが吹き渡り川面《かわも》を揺らしていた。

楚洲川は、太一にとって格好の遊び場であった。遊び場というよりも、もっと大げさに言えば生きる術を教えてくれる学習の場であった。もちろん太一はそんな自覚があったわけではない。ただ、太一は川に棲む生き物たちと戯れていただけであった。タナガーをはじめ、ヤゴ、みずすまし、おたまじゃくし、たにし、蟹、鰻、そして無数の魚たち……。太一には、すべての生き物が珍しく、その仕種や行動に驚かされることが多かった。生き物たちの姿を見ることによって、太一は自然に生きる智恵を学んだと言っていい。

生き物たちだけでなく、太一にとって物言わぬ川の流れや大きな石たち、そして河原に無造作に突き刺さった流木なども見飽きることはなかった。むしろ川の流れは川に棲む生き物たち以上に生きているように思われることがあった。川は、目の前で無限の変化を見せ、一日中眺めていても退屈しなかった。たとえば目の前の水は、瞬時も留まることなく流れ、変化していく。それだけではない。流れる水の量でさえ、見ていると微妙に変わるのだ。その刻々と変化していく川の姿は、太一にとって興味の尽きない不思議な出来事であった。

　さらに太一にとって不思議であったのは、この目の前の川の水はどこからやって来て、どのようにしてこのように満々と水をたたえるのだろうかということであった。川は、実に多くのものを運んで来る。雨季になると、水かさの増した川は、大きなウリーガニ（蟹）さえ運んで来た。流れて来る木の枝一つ、木の実一つが太一にとって関心を呼び起こさずにはいられない興味ある出来事であった。いつの日か、この川を遡《さかのぼ》って源を確かめてみたいという欲求を、太一は心に抱いて川を見ていることが多かった。

　その日も、朝、太一はおばあに口答えをして家を飛び出した後、気がついてみるといつの間にか川辺にやって来ていた。そして、美代もやって来て太一の傍らに立っていた。その日、太一は美代と一緒に昼食を食べに家に戻った時以外は、ずっと一日中その川を眺め、川のもとで遊んだ。否、正確に言えば、その日だけは川で遊んでいても心はここになく、視線は絶えず奥村へ続く村外れの山道へ送っていた。

　おばあの言ったことを信じてはいなかったが、ひょっとしておばあが言う通り、お母はおじいに背負われて奥村へ行ったのかもしれない。もし、おじいがお母を背負って奥村へ行ったとすれば、おじいは必ずあの山道を下りて来る。その姿を逸早く見るためには、この川のもとにいるのが一番確実な方法であると太一は思ったのだ。

しかし、日が暮れても、源助じいはその坂道を下りては来なかった。太一は仕方なく諦めて美代の手を取り、家路についた。ところが家に着くと、おじいはすでに帰って来ていた。太一は喜び勇んでお母の姿を探した。が、お母の姿はどこにもない。太一は、源助じいのもとへ駆け寄って尋ねた。

「おじい、お母は……。」

「おじい、お母はどこに行ったの。」

太一の傍らに美代までがやって来て、口を揃えておじいに尋ねた。源助じいは、太一と美代を見た。それから黙って美代を抱き上げ、少し曲がった腰を精いっぱい伸ばすと美代に向かって話をした。

「お母は、幸喜タンメーのところへ連れて行った。お母が帰って来るまで、泣かないでお利口にしていなさいよと、お母は言っていた。お兄ちゃんと、仲よくしていなさいよと、お母は言っていた……。太一、分かったな。」

太一は、黙っておじいの言うことを聞いた。しかし、やはり、おじいもおばあと同じように嘘を言っていると思った。どこかが変だ。皆が嘘を言っている。皆が本当のことを隠していると思うと、太一は悔しくて強く唇を嚙んでうつむいた。

太一はその夜、寝床の中でお母のことを思い出しながら、一人声を立てずに泣いた。お母だれにも気づかれぬようにと布団を頭からすっぽり被り、歯を食い縛って泣いた。お母を憎んだのがいけなかったのだ。お母がいなくなったのは自分のせいだ。お母に謝らなければいけない。お母は、どこへ行ったんだろう。お母は、どうしたんだろう。皆は何も教えてくれない……。泣きながら、太一は、次から次にと優しかったお母のことを思い出した。思い出しては、また泣いた。お父に早く帰って来て欲しいと思うと、お母のこともお父のことも同時に思い出されて、さらに泣けてきた。

梅子が、やがてその気配に気づき、太一の布団を掛け直しながら、

「太一……。」

と、声をかけた。その言葉を待っていたかのように、太一は梅子の胸元に顔を埋め、大きな声で泣いた。

第三章

1

　昭和十九年十月十日、那覇を中心とする地域は米軍機の大空襲を受けた。罹災戸数一万二〇〇〇余戸にも達したというわゆる「十・十空襲」である。この年の三月には、大本営直轄の第三十二軍が新設され、沖縄本島をはじめとする南西諸島の防衛が本格化されていた。沖縄南・東・中飛行場、伊江島飛行場、宮古飛行場の建設に着手、各飛行場の労務者として毎日二〇〇〇〜三〇〇〇人が動員された。老若男女を問わず、中学生や女学生までもが陣地構築に狩り出され、授業も停止されていた。着々と沖縄の地でも臨戦態勢が整えられていったが、しかしその頃には戦局は、徐々に敗色が濃厚になっていた。六月には、サイパンの日本軍が全滅、八月には、学童疎開船対馬丸が悪石島《あくせき》付近で雷撃され沈没した。

　そのような中での「十・十空襲」は、一気に人々を戦争の混乱に陥《おとし》いれた。同月二十九日には、満二一歳から四五歳の男子が防衛隊として召集された。源太ら、楚洲《そす》の人々十数人が召集されたのもこの時である。

県知事は、南部に住む婦女子の即時北部避難を示達、那覇・南部の老幼婦女子が北部への疎開を開始した。この年の十月には、米軍はフィリピンのレイテ島に上陸、日本軍は神風特別攻撃隊を編成して対戦した。

年が明けて昭和二十年一月になると、たびたびB29の編隊が沖縄上空に飛来した。第三十二軍は、現地での第二次防衛隊召集の年齢を下げて、満一七歳よりとした。同年二月十六日には、米機動部隊、本土初空襲。そして三月九、十日には、B29が東京を夜間空襲、三月十七日には硫黄島の日本軍全滅、三月二十三日には米軍沖縄本島に爆撃開始。いよいよ沖縄本島への上陸が開始され、地上戦が行われる気配を濃厚に見せていた。

楚洲の村にも、那覇・南部に住む幾組かの家族連れが、親類縁者を頼ってやって来ていた。さらに楚洲川の上流には、同じように那覇・南部から避難して来た人々がひっそりと身を隠していた。山に入った楚洲の村人たちが、これらの人々に、偶然に出会う機会が多くなっていた。時には、山に身を潜《ひそ》めている人々自らが、食糧を分けてもらうために村へ降りて来ることもあった。村人たちは、そのような人々との対応に何かと慌ただしく動き回っていた。そして、村人たちもまた、家の近くに防空壕を掘ったり、山の中に仮小屋を作ったりして避難の準備を始めなければならなかった。

やがて、村の食糧もほとんど底をつき、村人自らが使用する味噌や塩さえも事欠くようになった。さらに、畑の芋や野菜も知らぬ間に掘り尽くされ、取り尽くされるようになった。村人たちは、他人に分け与えてやるどころか、今度は必死になって、自分たちの食糧を確保しなければならなかった。味噌や塩を甕《かめ》に入れて台所の奥に隠したり、庭や近くの山に埋めたりした。しかし、それでもそれらの食糧は次々と盗難にあった。村人たちは、互いに疑心暗鬼になったが、しかしすぐに犯人は、那覇・南部から避難して来た他所者《よそもの》であることが分かった。彼らが目に余るほどに、白昼堂々と食糧の掠奪を始めたからである。

芋畑や野菜畑は、あっという間に掠奪され尽くした。始まったかなと思うと、それは堰を切ったように横行し、たちまちのうちに奪い尽くされた。しまいには、畑の持ち主である楚洲の村人の姿が見えても、畑から立ち去ろうともしなかった。あげくの果ては、困っている時は当然助け合うべきだと言い張り、そのようにしない楚洲の村人は冷たいと罵り、やがては摑《つか》み合いの喧嘩になることさえあった。そのような光景があちらこちらで見られたが、もうそれを止めることは、だれにもできなかった。

最初の頃は、丁寧に食糧を分けてもらいたいと申し出ていた彼らが、黙って家に入り込んで食糧を奪い始めたときには、楚洲の村人のだれもが肝をつぶした。楚洲の家々は、どの家も泥棒を防ぐために施錠をすることなど、やったことがなかった。もちろんそれが当然であり、眠る時でも、家の戸を開け放って眠っていた。

最初、泥棒が入ったのは、森根茂子の家だった。茂子の夫の盛徳は、イクサに取られて、家には、老いた盛徳の母と茂子と、そして盛治を頭に三人の子供たちだけであった。女、子供たちだけのその家が狙われたのであろうと思われたが、しかし、それもあっという間で、後は全くそのようなことに関係なく、無差別に狙われた。村で自警団を作ろうという話も出たが、しかし、年の明けた二月には、二度めの防衛隊員の召集があり、その時、源太たちが召集された一度めの十数名に次いで、さらに同じ数ほどの働き手がイクサに駆り出されていたから、自警団員として村を守る若者たちは、もうほとんどいなかったと言ってもいい。結局は、何もなす術がなかった。

太一の家にも、盗人が入った。土間で物音がするのに、まずタエおばあが気づいて大声を上げた。人影は、すぐに外に飛び出し闇の中に消えていったが、源助じいが追いかけた。太一も梅子も目を覚まし、戻って来た源助じいを迎えた。

源助じいは、肩で息をし、ため息をつきながら言った。

「ああ大変だ……。逃げて行くのは、ワラビ（子供）のようであったよ。情ない世の中になったもんだな。」

タエおばあが、土間から上がってくる源助じいに答える。

「わしらだって、もう食べるものはないんだから、どうしようもないもんな。」

タエおばあは、立ち上がってさらに続ける。

「孫たちのものは、どうしても確保しておかないとな……。」

源助じいも、曲がった腰を叩いて言う。

「イクサが始まったらもっと大変だろうな。それとも、もうイクサは始まっているのかなあ。もう、わしには、よく分からなくなったよ。」

それから、起き出している太一と梅子を見て言う。

「さあ、シワサンケー（心配しないでいいよ）、太一。眠った、眠った……。」

源助じいは、自らさっさと横になって寝入ってしまった。

太一も、言われるままに再び梅子ネエと一緒に横になったが、いつまでも目が冴えて眠れなかった。春になったとはいえ、まだまだ冷たい夜風が、戸の隙間から入り込んできた。

太一たちの学校も、その頃にはもちろん休校になっていた。多くの働き手がイクサに取られた今、少年たちも村にとっては貴重な労働力であった。太一もお父《とう》がイクサに行って、辰兄《たつに》ィもいない今、源助じいの手伝いをあれやこれやと行っていた。

しかし、そのような忙しく危険が迫ってきている中でも、太一ら子供たちにとって、ひそかな楽しみがあった。その頃になると浜辺へ頻繁に漂流物が流れ着くようになったからである。その漂流物を、親の目を盗んで逸早く仲間で発見し、こっそりと分け合って、それを宝物のようにして大切にし、楽しむことであった。漂流物は、砲撃に遭って沈没した船の遺留品や、戦争が原因で流されてきたものがほとんどであった。少年たちにもそのことは分かっていたが、しかし流れ着くものはどれもこれもが珍しく好奇心を掻き立てるものばかりであった。だから、大人たちと競って朝早くから浜辺に降りていくこともあった。ドラム缶が数本も流れ着いて、村外《はず》れの浜に積まれてもいた。

太一は、一度遊び仲間の吾作や盛治たちと一緒に木箱を拾い、それをこっそりと開けたことがある。中には缶詰がぎっしりと詰まっていた。たぶん、米軍の携帯食料であったのだろう。クラッカーや、チーズやジャムの香ばしい匂いに、思わず太一たちは興奮した。これがアメリカーの匂いなんだと感心すると同時に、なんとも言えぬエキゾチックな香りに心を奪われた。そして、それを浜辺の岩の下に隠しておき、次々と仲間を呼んで分けて食べた。

太一は、美代に与えたクラッカーがおばあに見つかり、ひどく咎められたことがあった。親たちには内緒にしておくという秘密を守れなかった自分がひどく恥ずかしく、仲間たちに合わせる顔がなくて、しばらく後ろめたい思いに悩まされた。しかし、そのこともすぐに忘れた。もちろん、その頃には、吾作たちと山羊小屋の前で摑み合いの喧嘩をしたことなど、すっかり忘れて一緒に遊び回っていた。また、静江が松堂の家を出ていったことで、村人たちは松堂の家族に対する視線を柔らげてもいた。そして、静江の住むハナレヤーに差し入れをしてくれといって、そっと食べ物や衣服を置いていく者もいた。

2

静江は、壁に掛けてある日捲《ひめく》りの暦をじっと見つめていた。開け放たれた窓から冷たい風が吹き込んでいたが、静江はその冷たさを感じなかった。日捲りの暦は、静江が身の回りのわずかな品物と一緒に松堂の家から持ってきたものだ。残り一枚だけになった暦の最後の紙片が、31の数字とともに、ひらひらと風に吹かれている。昭和十九年が終わり、新しい年、昭和二十年が始まろうとしていた。

「今年も今日で終わる。明日からは新しい年が始まるのだ……。」

静江は、暦を見つめながらあれこれと思いを巡らしていた。心に浮かぶのは、どれもこれも辛い思い出ばかりで、涙が溢れそうになるのを必死で堪《こら》えた。

「私には、新しい暦の持ち合わせがない。いや、私には暦など最初から必要ではなかったのだ。なぜ、暦なんか持ってきてしまったのだろう……。」

静江は、先ほどから同じことばかりを考えていた。

「暦を捲りながら、私は何を待っていたのだろう。私には、待つべきものがまだあるのだろうか。この小屋で、待つべきものといったら私には……死しかないだろう。この小屋で数えていく過去など、私には何の必要もない。何のために、私は暦など持ってきたのかしら。人は、何のために暦など作ったのかしら。暦は、過ぎ去っていく過去を数えるものではない。きっと未来にある何かを期待して、日々を数えるものなのだ……。」

静江は、そう思うと、なおさらに悲しくなった。自分には、期待するものは何もない。自分の身の上に起こっていることが情なくなってくる。とてもやりきれない。堪えていた熱い涙が、静江の頬を伝わって流れ落ちる。それをなすがままに任せている。涙がいつまでも止まらない。

静江は、そっと小さく子供たちの名前を呼んでみた。喉の奥が微《かす》かに震えただけで、声にならない。この手にもう一度、しっかりと子供たちの温もりを感じたい。しっかりと抱きしめたい……。静江は、再び声を出して呼んでみた。

「太一……、美代……、幸子……。」

静まりかえった部屋に、もちろん返事があるわけはない。部屋には、静江以外にだれもいないのだ。分かり切っている。それでも静江は呼びかける。

「太一……、美代……、幸子……。」

何度も何度もつぶやいてみる。

「太一……、美代……、幸子……。」

やがて、だんだんと声が大きくなり、しまいには悲鳴のように大声で呼びかける。

「太一、美代、幸子……。」

「太一、美代、幸子……。」

「太一、美代、幸子……。」

静江は、叫び声と同時に溢れてくる涙を、もう止められない。

「お父……。これからどうすればいいの、お父……。」

静江には、どうすることもできないのだ。源太や、子供たちの顔が次々に浮かんでくる……。

太一が、タナガーのてんぷらを自慢気に食べていたあの笑顔……。美代が「抱っこしてちょうだい」と走って来たあの笑顔。幸子が可愛い唇をあてて乳首を噛《か》んだその感触が蘇《よみがえ》ってくる。源太のにこにこと笑っている顔。本当に皆に優しかった源太。もう二度と皆に会うことはできないのだろうか。諦めなければならないだろうか。でも諦め切れない。諦めるには……、そう私はまだ若過ぎるのだ。まだ源太や子供たちとの人生を始めたばかりなのに、どうして諦めなければならないのだろうか……。

静江は、目を閉じた。夢を見た。何度も何度も、子供たちや源太の夢を見た。いや、夢ではない。いくつもいくつもの思い出がどっと蘇ってきたのだ。静江には、もう夢か、溢れ出る記憶か、その区別がつかない。倒れ伏した身体を起こし、涙をぬぐった。身体が無性にだるい。壁に凭《もた》れたまま、いつの間にか眠ってしまったのだろうか。意識が朦朧としている。眠っているのか起きているのかも、区別がつかない。生きているのか死んでいるのか、区別がつかない。

もう、日が暮れる頃だろうか。辺りはどんよりとしている。首や肩や腰が痛む。寒い。静江は、そう思った時、目が覚めた。やはり座ったままで眠ってしまっていたのだろう。窓から外を眺めると、日暮れにはまだ間があるように思われた。静江は、立ち上がって外へ出た。

裏に作っている小さな菜園と芋畑に行く。どちらもここに住むようになってから作ったものだ。芋はすっかり根付いて葉を茂らせている。野菜も芽を出した。塩や味噌もある。なくなる頃には、またタエか梅子が持って来てくれるだろう。米は、もう一握りほど残っているけれど、そのまま残しておきたい。そんなことはできるはずもないのに、太一や美代や幸子が訪ねて来た時の御馳走にとっておきたい。その思いを捨て切れない。芋はまだ充分にある。そして、チョロチョロと流れている湧き水も、少し歩いた岩場の陰で汲むことができる。何とかやっていける。何とか……。何とか頑張らなければと思う。しかし、何のために生きていくのか……は、分からない。病いは、よくなるのか、悪くなるのかも分からない。それでも、今は生きていたいと思う。

静江は、菜園の雑草を抜きながら、何度も何度も自分に言い聞かす。ヤドカリが後ずさって逃げていく。静江には、野菜や芋ももちろん、特に蠢《うごめ》くものが可愛らしく思えてくる。ヤドカリや蟹やカタツムリも静江の心を和《なご》ませてくれる。

静江は、後ずさっていく小さなヤドカリを捕まえて手のひらに乗せる。身を隠したヤドカリをさらに持ち上げて、子供の頃よくやったように、はあっと熱い息を吹きかけてやる。すると不思議なことに、ヤドカリは必ず身を出してくる。それを再び、手のひらに乗せる。じっと、見る……。

イクサは、本当にやって来るのだろうか。イクサさえやって来なければ何とかなる。

イクサさえ来なければ、源太を待てるかもしれない。

静江は、空を仰ぎ見た。ぽつりと雫が頬に当たる。雨が降りそうだ。明日は、正月だ。晴れて欲しい、と願いを唱えてから、願いを唱えている自分に苦笑する。自分のためにではない。子供たちのためにだ、と思うと、自分には「願うこと《ウガン》」が残っている、子供たちのために「願うことができるのだ」という発見に嬉しくなって、腰を伸ばし、一人で微笑む。勇気が湧いて来る。それから再びしゃがんで目の前の若菜を摘み取り、目の前にある自分だけの小屋に向かった。

静江は、翌朝早く起きて新年を迎えた。昨日と違って爽やかな天気になりそうな予感がする。まだ夜が明けず、太陽も昇っていないが、潮風が心地よい。辺りはまだ薄暗い。見回して人の気配のないのを確かめると、静江は、そっと岩陰で着物を脱いで海へ向かった。新年の朝、一番の海水で身を清めたい。何もかも洗い流して新年を迎えたい。静江は、昨晩のその決意を思い出しながら波打ち際に寄せてくる海水に、足を踏み入れた。冷たい波が足を洗う。柔らかい砂に足が沈んでいく。二、三度波が寄せては返すままにして立ち尽くしていたが、意を決して海に向かって歩き出す。膝、腰、胸まで浸《つ》かったところで、立ち止まる。やはり、海水は凍えるほどに冷たい。身体がその冷たさに、きーんと縮まっていくように思う。同時に、余計な思いも何もかもが萎縮していくようにも思う。悲しみも苦しみも辛さも何もかもが萎縮してくれたら、どんなにいいか……。
静江は、海水で顔を洗い、それから無造作に束ねた髪を解き、思いきり顔を海水に沈めた。ぱっと頭上で髪が海面に広がる。その感触が子供の頃の水遊びの記憶を蘇らせる。しばらくそのままにして髪を海面になびかせた後、子供の頃よくしたように、ゆっくりと足で水底を蹴り、手を真っ直ぐに伸ばしてうつぶせたまま流れに身を任せた。大きく広がった静江の黒髪が、ゆっくりと静江の身体に纏《まと》い付くようにして流れていく。ちょうどその時、太陽が水平線上に顔を出し、きらきらと海面を照らした。精いっぱい身体を伸ばした裸体の静江を、太陽は同じようにきらきらと照らしていった。

3

太一が、タッチュー岩の近くにいつの間にか小屋が建っているという噂を聞いたのは、遊び仲間の盛治や吾作が話をしていたからである。太一はその話を聞くと、その小屋にお母《かあ》が住んでいるに違いないと思った。思うといても立ってもいられなかった。すぐにその小屋を目指して楚洲の川を渡った。川の水は、昨晩の雨でいつもより少し水かさが増している。太一は、膝まで水に浸かりながら川を渡った。後方で水音が聞こえる。振り返ると、いつの間にか美代がついて来る。

「お兄ちゃん、お兄ちゃん。」

と、大きな声を上げながらついて来る。太一は、手を振って、

「帰れ。」

と、追い返す。しかし、美代は頑として聞かない。立ち止まったままで、帰る様子もない。太一はもう一度大きな声で、

「帰れーっ。」

と言うと、再び美代に背中を向けて歩き出した。

美代は、太一の後ろ姿にただならぬものを感じたのかもしれない。あるいは、お父とお母のカーヂュー(頑固)が美代にも受け継がれていたのかもしれない。美代の今にも泣き出しそうな顔を見ていると、かわいそうになってくる。近頃は遊ぶ相手もなく、いつも太一の後にくっついて来る。お父もお母もいない今、美代もどんなにか淋しい思いをしているか分からない。太一はそう思うと、渡り終えた川に再び入り、川の途中で泣きべそをかいて突っ立っている美代の所へ歩き出した。そして美代を背中におぶって歩き出した。

「お母を探しに行く。おじいにもおばあにも、ないしょだよ。だれにも言うなよ。いいな。」

と、太一は背中の美代に言う。

美代が小さく、

「うん。」

と、太一の背中で頷《うなず》く。

それから、太一にもはっきりと聞こえるほどの大きな声で言う。

「お母の所へ行きたい。」

美代もお母の所へ行きたいのだ……。

太一は、背中の美代の手が首に巻き付いて苦しかった。しかし、何も言わずそのまま顎を上げたままの姿勢で川を渡り終えた。渡り終えると、太一は美代を背中から降ろして美代の手を握り、辺りにだれもいないことを確かめると足早に歩き出した。

タッチュー岩を左手に見て岬を回り終えると、太一は唇に人差し指を当て、美代に向かって声を立てずに静かに歩くようにと注意を促《うなが》した。なぜそうしたのか分からない。何も恐れる必要などない。堂々とお母に会いに行けばいいのだ、と思いながらも、やはり太一の心は高鳴っていた。お母に会えるかもしれないという期待とともに、もう一方で、もし、お母でなければどうしようという不安もあった。幼い二人は岩に身を隠しながら、背中を丸めて歩いた。太一は美代を庇《かば》い、前後左右に気を配りながら前進した。

小屋は、太一の思っていた通りの場所に建っていた。しかし、思っていたよりもずっと小さく粗末な板葺きの小屋で、浜辺の奥の丘陵地に生えたアダンや木麻黄《もくまおう》やユウナの木の陰に、ひっそりと身を隠すように建っていた。

太一は、岩陰に身を潜《ひそ》め、遠くからしばらく小屋の様子を窺った。小屋の周りは、しーんと静まりかえっていて人影はまるでない。お母はどこへ行ったのだろう。美代は太一の傍らで、言われた通りにじっとしゃがんでいる。太一は、もっと近寄って小屋の様子を覗《のぞ》いてみようと思い、意を決して岩陰を出た。二、三歩歩き出してびっくりした。今までどうして気づかなかったのだろう。目の前の砂浜に女が一人、しゃがんで海を見ているではないか。頭に被った手拭いから黒髪が溢れ出て、浜風に煽られて後方になびいている。太一は、驚いて危うく声が出そうになった。やっとのことで声を飲み込むと、大きく肩で息をした。そして、女の姿や横顔を眺めた後、「お母だ。お母に違いない」と、またもや声が出そうになった。不思議なことだが、お母の顔は、以前のすべすべした美しい膚《はだ》をもった元の顔に戻って、綺麗に光っている。髪もふさふさと蘇っている。時折、その髪を梳《す》き上げるお母の手までが、頭を優しく撫でてくれたあの美しいお母の手だ。

「お母。」

と、太一よりも先に傍らの美代が叫んで、二、三歩前に歩き出した。太一も思い切って、

「お母。」

と、声をかける。女は、その声に驚いて太一と美代の方を振り向いた。

どのくらいの時間が経ったのだろう。長い時間、女と幼い二人の兄妹は見つめ合っていたのかもしれない。あるいは、ほんの一瞬の間であったかもしれない。気がつくと、女はあっという間に小屋の中に駆け込んでいた。駆け込んだというよりも、ふわりと風に吹かれて飛んでいったという方が正確であろう。着古された藍色のかすりの着物が一枚、目の前をひょうひょうと流れていったように太一には思われた。

太一は再び大声で叫んだ。

「お母。」

美代も大声で呼び続ける。

「お母、お母……。」

太一は、泣き叫ぶ美代の手を取って、一目散に女の後を追いかけた。美代が何度か躓《つまず》いて転んだが、その度に美代を抱き起こし、また駆け出した。小屋の前に辿《たど》り着くと、二人は再び、

「お母、お母……。」

と、呼び続けた。

「お母、お母、開けてちょうだい……。」

と、美代は泣きながら入り口の戸をぱんぱんと叩いている。中からは何の返事もない。太一も必死になって小屋の周囲を回りながら入り口を探すが、他に入り口はない。もう一度元の位置に戻ると、再び戸をぱんぱんと叩いてお母を呼び続けた。そして叩きながら中の様子を窺った。戸の隙間から覗くと、一人の女が息を殺して身を小さくして膝を抱きかかえるようにして座っているのがちらちらと見える。やはりお母に間違いはない。大声でお母を呼び、さらに戸を叩き続けた。

突然、中から怒鳴り声がする。

「こら、どこの子供だ。私の家をぱんぱんと叩くのは。」

太一は、びっくりした。お母の声ではない。今まで聞いたこともない男のような声だ。美代もびっくりして戸を叩くのを止めた。

「どこの子だ。早く家へ帰りなさい。帰らないと叩き殺すぞ。潮も満ちてくるよ。墓の前は怖いよ。早く家へ帰りなさい。帰れ。」

太一は、思わず美代の手を取って後ずさった。やはりお母の声ではない。聞いたこともない声だ。

美代もやはり、太一と同じような不安に囚われたのだろう。後ずさりながら、太一の手を強く握りしめて、涙ぐんだ目で太一を見上げる。

太一も、美代の手を強く握り返して立ち止まる。そして、しばらく黙ったままで小屋を見つめる。やがて、意を決したかのようにもう一度、勇気を出して小屋に向かって呼びかける。

「お母、太一だよ。美代と一緒に来たんだよ。」

しかし、太一の声は、緊張のあまりほとんど声にはならない。口の中が、からからに渇いているのが自分にも分かる。

「お母、太一だよ、美代も一緒だよ。」

太一は、思い切り声を張り上げて言うが、言葉が小屋の中まで届かずに、目の前で小さく消えていくのが分かる。

小屋の横に目をやると、アダンの木の下がぬかるみのようになっていて、湧き水がちょろちょろと流れている。大きな鋏《はさみ》を有した赤蟹が、うようよと枯れ葉の下を蠢いている。

美代が太一の手を再び強く握る。

太一は、握った美代の手を揺すって、一緒に声を上げてお母を呼ぼうと促す。美代は黙って頷く。太一は大きく深呼吸をして、必死で呼吸を整える。美代も傍らで、小さく真似をする。

イチニノサンで、声を揃える。

「お母……。」

すると、すぐに小屋の中から再び異様な声が襲いかかる。

「まだここにいるんだな。早く帰らないと、本当に叩き殺すぞ。」

その声に弾《はじ》かれたように、太一と美代は、くるりと小屋に背中を向けると、一目散に走り出した。

太一と美代が立ち去って行く足音を聞いて、逆に静江は抑えていた思いをどっと溢れさせて板戸に走り寄った。この戸を開けてはならない……。必死に自分に言い聞かせながら、静江は板戸に躙《にじ》り寄り、隙間から縋《すが》るようにして我が子の姿を追い求めた。ちらちらと、幼い二人の我が子が砂浜に足を取られてよろめきながら駆けて行く後ろ姿が目に入る。

「太一、美代……。」

思わず手が板戸を摑み、激しく痙攣する。大粒の涙が溢れ出して頬を流れる。思いが溢れて言葉にならない。全身が硬直する。二人の姿が岩陰に消える。静江は、わなわなと震えながら、壁に掛けた服がずり落ちるように、一気に弛緩して崩《くず》折《お》れた。

4

源助が、やっと重い腰を上げた。避難のために山に入る準備を始めたいと、夕食の時に夕エや梅子、そして太一に向かって話を切り出したのである。

「おばあ、仕方がないだろうな……。」

「アンヤサヤー（そうですね）……。」

おばあも、諦めたような返事を返す。源助は、茶碗に入った泡盛をごくりと喉に落とした。今は、源助と一緒に泡盛を飲み交わす源太も辰吉もいない。そして静江もいない。淋しい夕食であった。源助だけではない。皆がそれぞれに、この場にいない家族のことを思いやっている。静かな沈黙が流れる。梅子の膝で幸子がむずかる。

源助は、梅子に向かって目を伏せたまま声をかける。

「梅子も、おばあの手伝いをして、山に入る準備をしなさいよ。」

梅子は、幸子をあやしながら返事をする。

「分かっているよ。おじい、心配しないでいいよ。」

梅子の腕の中で、幸子が盛んにむずかるので、梅子は抱き上げたまま立ち上がって源助に返事をする。それから、だれにともなくつぶやく。

「だけど、今ごろ兄さんたちはどうしているかね……。ねえ、幸子、お父はどうしているかね。」

梅子の言葉は、途中から、幼い幸子に向かって語りかけられたが、それは、この場にいる皆の思いでもあった。だれもがこの問いに答えられぬことを知っている。この問いの辛さを知っている。この場でそのことの意味をまだ理解していないのは、幼い幸子だけであった。それゆえに、梅子の言葉も幸子に向かって発せられたのであろう。

村の者たちが次々と避難の準備を始めているのに、源助やタエが、今までそれをしようとしなかったのは、自分たちが歳を取り過ぎたせいばかりではなかった。どの家族も、歳を取り過ぎた者ばかりであった。村の若い男は皆イクサに取られてしまって、残っているのは、あっという間に年寄りと女、子供だけになっていた。

源助とタエが、家を離れることになかなか決心がつかなかったのは、源太と辰吉の二人の息子が、ある日、突然に家へ戻って来るような気がしたからである。あり得ないことだと分かっていても、その思いをぬぐい切れずにいた。二人は示し合わせて、家を離れることを、いよいよというぎりぎりまで延ばすことにしていたのである。源太と辰吉が帰って来た時、家にだれもいないでは、帰って来た二人に淋しい思いをさせてしまう。そのような気遣いからであった。もちろん、娘の梅子はともかく、三人の孫たちを山に入れるには、まだあまりにも幼すぎたことも大きな理由の一つであった。いつ終わるとも知れない山中での長い生活は、三人には耐えられないだろうとも思ったのである。

太一が、顔を上げた源助を覗き込むようにして尋ねる。

「おじい、お父は、大丈夫だよな。お父は、イクサ、頑張っているよな、おばあ……。」

太一は、梅子ネエが、お父のことを話したので、思わず源助やタエに尋ねてみる。源助も、すぐに太一を見つめて、強く返事をする。

「当たり前だよ、太一。お前のお父は、頑張っているさ。」

源助が、しっかりとした口調で自分に言い聞かすように答える。

美代も言う。

「お父は、ガーヅーサン（強い）よね、おじい。」

源助は、笑って頷く。この二人の孫を、源太が戻って来るまではなんとしても守ってやらねばならない。いや三人だ。三人めの幸子は、もう梅子に抱かれて寝息を立てている。この孫たち三人のためにも、今は頑張らねばならないと思う。お母の静江のことも、ほとんど尋ねなくなったこの孫たちは、今どんな思いを抱いているのだろう……。

「おじい、山に入る時は、ぼくも手伝うからな。」

と、太一が言う。

源助は、太一の顔を眺め、目を細めて笑いながら言う。

「太一、頼むぞ。この松堂の家では、男は太一とおじいの二人だけになったからな。頑張ろうな。」

「マカチョーケー（まかしておけ）。」

と、太一が答える。

「マカチョーケー、おじい……。」

と、傍らから美代も答える。おばあも、おじいも涙を堪えながら苦笑する。梅子ネエまでが笑っている。太一には、皆が涙を堪えて笑っている悲しみが、漠然と分かるような気がする。

タエが、美代を手招きして膝に抱えながら笑って言う。

「美代も手伝いできるねえ、偉いねえ、美代は……。」

美代が、タエの膝に抱かれたままで機嫌よく言う。

「美代はね、おばあとおじいと二人の手伝いをするの。」

「そうか、そうか。偉い、偉い。」

と、タエが、美代の頭を撫でながら褒《ほ》める。梅子が笑いながら美代をからかう。

「あれ、美代は、おじいとおばあの手伝いだけね。私の手伝いはしないの？」

美代が、振り向いて梅子に言う。

「美代ね、あのね、おじいとおばあと梅子ネエと三人の手伝いをするんだよ。」

美代の健気な言葉に、梅子が大声で笑う。そして、笑いながら、美代に言う。

「美代さん、よろしくお願いします。」

間髪を入れずに美代が答える。

「マカチョーケー。」

久しぶりに、皆が笑い声を上げる。

源助は、その笑いの中で孫たちのことを考える。息子の源太のことを思い出す。イクサは、もうここまでやって来ている。源太は、伊江島に渡ったと聞いた。飛行場があるというが、大丈夫だろうか。アメリカー（米軍）に真っ先に攻撃を仕掛けられないだろうか……。この村にも、アメリカーの飛行機が飛んで来た。そして、ついにアメリカーの飛行機の機銃掃射を受けて死人が出た。太一と一緒に遊んでいた吾作が死んだ。源助は、そのことがあったがゆえに、山に入ることを決意したと言っていい。

吾作は、松堂の家の隣に住む山城栄作とトキの長男であった。栄作も源太と一緒にイクサに取られていた。家に残っているのは、母親のトキと、吾作を筆頭に、太一と同じ歳の園子、そして妹の良子だけであった。

その日、吾作は、太一と盛治の三人で浜辺に行き、いつものように海からのめぼしい漂流物を探しながら歩いていた。

三人が、ちょうど村外れの、やはり以前に同じ漂流物として流れ着いた数本のドラム缶を並べ積んである場所にさしかかった時だった。どこからともなく飛んで来た二機の飛行機の機銃掃射を受けた。ドラム缶のそばに身を隠したのがかえって悪かったのかもしれない。操縦士は、それを機密の燃料タンクとでも間違えたのだろうか。旋回して二度攻撃を加えてきた。その弾が吾作の頭に命中した。吾作は、即死だった。一緒にドラム缶の陰に身を隠した盛治も、一命は取り留めたものの、右太腿に銃弾を受ける重傷を負った。

太一は、ドラム缶の陰まで行き着くことができずに、その手前の砂浜で足を取られて転んだのが幸いしたのかもしれない。二機の飛行機の狙いは、ドラム缶にあったのだろう。そこから離れて砂浜にうつぶせた太一は、全くの無傷だった。

太一には、旋回する飛行機に乗っている米兵の顔が見えたように思えた。そう思った瞬間、二度めの機銃掃射を浴びた。思い切り顔を伏せたとたん、口いっぱいに砂が詰まった。

飛行機が飛び去った後、太一は、顔中に付いた砂を手で払い落としながら、急いで吾作と盛治のもとに駆け寄った。すると、盛治が膝を押さえて大声で泣きわめいていた。その傍らで、吾作は仰向けになり、顔中を真っ赤な血に染めて死んでいた。身動き一つしなかった。

太一は、それを見て、すぐ村へ向かって駆け出した。まず吾作の家だ。村の大人たちへ、このことを早く知らさなければならない。息の続く限り、精いっぱい走った。

吾作の家に着いた。大声で吾作の母親を呼んだ。吾作の妹の園子と良子が残っていた。母親のトキは、畑に出かけていた。園子に吾作の死を告げると、園子は血相を変え、一目散に母親のトキを迎えに外へ飛び出し、畑に向かって駆けて行った。

太一は、大きく肩で息をすると、残された良子に家に残って待っているようにと言い聞かせ、次に自分も急いで家へ戻り、タエおばあに吾作の死と盛治が負傷したことを告げた。おばあは、それを聞くと、すぐに盛治の母の茂子に知らせると言って駆け出して行った。

太一は、タエおばあに告げたことで緊張の糸が切れたように、ぼーっとしばらく庭に突っ立っていた。どのくらいそうしていたのだろうか。村全体が騒々しくうなり声を上げた。次々と村人たちが浜へ向かって駆け出して行くのが太一にも見えた。その喧騒の中で、我に返った太一は、再び吾作たちのいる浜に向かって駆け出した。

途中、アダンの木陰で蹲《うずくま》っているヒジャイヤーのヤッチーを見た。太一は、一瞬走るのを止め、立ち止まった。目の前にあるヤッチーのサハニが、機銃を受けて、船尾の部分がバラバラに割れていた。ヤッチーは、蹲ってそれを眺めていた。吾作の死を知らせに村に駆けて行く時は、気づかなかった。

ヤッチーは、太一の前で気を取り直したように立ち上がり、サバニに近寄ると、割れた船尾を手で撫でながら声を出した。

「アイエナー（ああ）……、アイエナー……。」

喉の奥から絞り出すような悲しい声だった。

太一は、ヤッチーの仕種《しぐさ》に、じいっと心奪われて見ていたが、やがて意を決したように再び駆け出した。

源助が、「山へ入ろう」と言ったのは、そのことがあってから数日後のことであった。

源助とタエは、太一もこのままでは、いつ同じような危険な目に遭うかもしれないと思ったのである。幸い、この時は太一は怪我をしなかったが、また再び飛行機がやって来ないとも限らない。その時は、皆が無事である保証は何もない。松堂家の人々だけでなく、山に入ることを躊躇していた村人たちは、吾作の死を契機に、一斉に山に入り始めた。

源助は、村の後背地の斜面にまず防空壕を掘った。とっさの空襲の時に飛び込むための壕である。家からさほど離れてはいなかった。そしてもう一方で、楚洲川の上流の深い森の中に、簡単な小屋を作った。小屋と言ってもそれは名ばかりで、密集した樹々の下の適当な場所に、土を平らにして木の枝や草を敷いて床がわりにし、さらにその上の屋根を、同じように裸木の丸太木を横に張り巡らして縄で立木と結び、枝葉や草を被せただけの粗末なものであった。夜露をしのぐことはできても、どしゃぶりの雨になると、その粗末な屋根はほとんど用をなさないだろうと思われた。

太一は、源助を手伝い、数日かけてその小屋を作り、土を平らにした。そしてさらに裏庭に穴を掘った。その両方に、味噌や塩や生米を分けて持ち運んだ。いくらかは、甕に入れて土の中にも埋めた。それから、手に持てる必要最小限の日用品を数回に亙って山に持ち運んだ。

山に入るその日、源助とタエは、持てるだけの荷物を背負い、梅子は幸子を背負った。美代はタエの後について歩いた。太一も身体いっぱい荷物を括《くく》り付け、源助の後を歩いた。村の人たちも皆そのようにして、一家族、一家族と次々に山に入っていった。そして家族単位で、あるいは親戚同士で、ひっそり息を潜め、身を寄せ合って、一日一日を過ごした。

　昭和二十年三月、楚洲の山はちょうど椎の樹が新芽を吹き出して鮮やかに揺れる、春一番を迎える季節であった。

5

　源太は、来る日も来る日も、飛行場の建設と地下壕掘りを中心とする陣地構築に明け暮れていた。

　その日、楚洲の村から集合場所の名護《なご》に着いた時には、すでに防衛隊としての部隊は編成されていた。源太や栄作たちは、全員が伊江島へ配置された。特設工兵隊というのが源太たちの配属された部隊であった。その日、恩納《おんな》村以北の各町村から名護に集まった人々は数百人に上っていた。源太たちの任務は、伊江島に配置されている飛行場大隊に協力して飛行場を建設することにあると、出発の朝早くに訓辞があった。本部《もとぶ》半島の訓辞を受けた後、源太たちは、すぐに伊江島へ向かって行軍を開始した。

先端にある渡久地《とぐち》港まで徒歩で行進し、そこから伊江島へ軍の船艇で渡るということであった。

行軍と言っても、楚洲からやって来た源太たちをはじめ、すべての隊員が正規な訓練も受けておらず、また銃機類も支給されてはいなかった。防衛隊員の身分は軍人ということであった。それゆえに最後まで軍とともに規律ある行動を取るようにとの訓辞もあった。しかし、実際には、戦場での陣地構築、弾薬運搬、食糧調達などの軍夫代用になるであろうことは、入隊してすぐに源太たちにも予測ができた。

渡久地港までの行軍の途中で見る半島の美しさは格別であった。二百人余の行軍は、にわか仕込みの行軍で見るも滑稽であったが、指揮官たちもそれほど厳しく怒鳴ることもなかった。源太たちも、浜風を自由に胸いっぱい吸い込んで歩いた。海はあくまでも蒼く澄み渡り、樹々の緑は目を洗うように新鮮であった。松並木が美しく、海から吹き上げてくる冷たい浜風は、汗ばんだ身体に心地よかった。

昼過ぎに到着した渡久地港からは、予定通り軍の船艇に分乗した。波しぶきを上げる航跡を見ながら、源太は、ふと静江を背負って、何度も何度も奥村に通った途中で見た透き通るような海の蒼さを思い出した。シガイを登り、浜風を身体いっぱいに浴びながら、数十メートルも高さのある絶壁から見降ろした海の蒼さは、海底の珊瑚礁を映してこの世のものとは思えぬほどの美しい光景であった。環礁の外の海は、群青色にせり上がり、静江は水平線が膨らんで見えると、何度も何度も源太に告げた。海のかなたには、きっと人々に幸せをもたらすニライカナイの世界があるに違いない、それまでの辛抱だと、静江と一緒に黙って海を見つめていた……。

急激な船艇の揺れで、源太は追憶の世界から戻される。海面が、黒くうねっている。源太は、急に大きな恐怖に襲われた。ひょっとして、二度とこの海を渡って村へ戻れないのではないかという不安が源太の心を占める。源太は、それを払い除《の》けるように、思い切り自分の頬を両手で叩く。

「必ず、戻ってみせるぞ。」

もちろん、周りのだれにも聞こえるはずがない。

「子供たちのためにも、静江のためにも、お父やお母のためにも、きっとこの海を渡って村へ帰るぞ。」

源太は強く心に誓って、湧き起こって来る不安を追い払うように、もう一度、強く頬を叩いた。

陣地構築の労働は、未明から日没までの長時間に亙るものだった。人間はもちろん馬も疲労に喘ぐほどに苛酷な労働であった。昭和十九年十月十日、沖縄全域を襲ったアメリカ軍艦載機は、伊江島にも空爆を行った。爆撃は建設中の飛行場に集中して行われたが、源太たちはその修復作業を、島の人々とともに急ピッチで行わされたのである。

年が明けて、昭和二十年一月の初め、源太たちの兵舎は、真謝《まじゃ》村から飛行場により近い西崎村の東方に移った。が、その頃になると連日のように空襲があった。飛行場の軍事施設だけでなく、民間地域も爆撃され、文字通り人々は着のみ着のままで焼け出され、多数の死傷者が出始めた。その合間をぬって陣地構築は続けられた。源太たちにも、やがて小銃の扱いや戦闘訓練が、激しい労働の行われるようになった。進んで来る戦車に対して爆雷を投げる訓練も受けた。しかし、軽機関銃も小隊で数挺、小銃は数人に一挺というほどで、敵を迎え撃つ装備としてはお世辞にも万全とは言い難かった。

三月初め、飛行場は源太たちの血と汗が滲むような労働によってやっと完成した。全長一五〇〇メートルの滑走路を三本持つ、当時としては東洋一を誇る大規模なものであった。源太たちが来る以前からの歳月を含めて約一年半、多くの人々の労働と犠牲のたまものであった。

ところが、アメリカ軍の上陸を必至とみた第三十二軍と大本営は、突然、こうして建設した飛行場の破壊命令を下したのである。あまりの唐突さに、源太たちはもちろん、住民や、伊江島に駐留している大隊全員が啞然とした。飛行場はほとんど一度も使われることなく、今度は破壊作業に従事させられたのである。

しかし、このことから源太たちももちろん、島の住民や兵隊たちも、アメリカ軍の上陸の避けられないことを察知した。いよいよ来るべきものが来るのだ。島が悲惨な地上戦の舞台になることはもう時間の問題であった。飛行場が破壊されたことで、兵士たちの中には、自らの死を覚悟する者もいた。

サイパンが陥落した昭和十九年の六月以降、島民たちには、県外や本島への疎開が勧められていたが、昭和二十年三月の段階でも、いまだ大部分の住民が島に残っていた。しかし、飛行場が破壊されて以降は、残っていた住民が波止場に殺到し、軍の小型船艇では処理できず、港はパニック状態になった。駐屯軍は、すぐに脱出を老人と子供連れの婦人に限った。一四、五歳以上の青年男女の可労働者が、すべて島外へ流出することを恐れたのである。波止場には監視員が配置され、許可なく脱出するものには、機銃掃射が浴びせられた。それでも監視員の目を盗んで、サバニで脱出する者もいた。もちろん多くの者は、島に残された。

三月の中ごろ、三度めの大空襲により、島の民家はほとんど焼失した。以後島は連日のように激しい空爆にさらされた。まもなくこれに艦砲射撃が加わり、人々は皆、防空壕や洞穴にこもりきりにさせられた。

源太たちは、昼は空襲のため壕内で眠り、夜になるといよいよ上陸して来る敵を撃つべく、陣地作りや穴掘り作業に従事した。石油ランプを灯した地下の作業では、鼻の穴が真っ黒になるのが常であった。

6

楚洲の村から、源太と一緒に防衛隊員として召集されたのは、源太、山城栄作、比嘉栄治など、合わせて十数人だった。皆、村の働き盛りの人々であり、それぞれの家族の大黒柱であった。親を残し、妻を残し、子を残しての気掛かりな出征だった。その中の一人、比嘉栄治は、まだ若く二一歳になったばかりで、結婚もしていなかった。

栄治は、必死になって源太ら村の先輩たちに混じって陣地構築に汗を流した。来る日も来る日も、人一倍牛馬のように働いた。その一所懸命さが栄治の属している小隊長に気に入られ、時折、各壕に潜む小隊間の連絡要員としての任務を命じられたりするほどになっていた。

伊江島で迎える初めての冬が終わり、新しい年、昭和二十年もすでに三月を迎え、暖かい春の季節が巡って来ていた。ハイビスカスの燃えるような赤い花が咲き、日中には初夏を思わせる暑い日差しが、かっと照りつけた。しかし、年が改まると、今度は冬の間の寒い北風に代わって、連日のように米軍の空襲や艦砲射撃が吹き荒れた。

栄治は、その日、小隊長から西崎村の東方に陣取る小隊への連絡を命じられた。昼間の激しい空襲や艦砲射撃は、夜になると嘘のように止んだから、その間隙をぬって連絡は行われた。もちろん、それだからといって用心に越したことはない。すでに米軍は伊江島に上陸しているという情報もあった。

栄治たちの小隊は、再び島の北側真謝村の近くの北海岸にあるナバンガマという洞穴に移動していた。西崎村はその反対の方向にあった。そこに行くには海岸沿いにまず西に走り、途中真謝村を通り、それから方角を南に変えて破壊された飛行場と平行に進むようにして島の南側に出なければならなかった。ちょうど、島を横断することになる。

栄治は、身を隠すようにして走った。真謝村の民家は、ほとんどが被弾し、全壊、もしくは半壊していた。家を取り囲んでいる石垣は、飛行場や軍の施設を建築するために、米軍の空爆を受ける以前から、すでに取り壊され、積み重ねられた石は資材として使用されていた。今、全壊した家と合わせ見ると実に無残であった。庭に植えられた大きなガジュマルの樹の枝が、数箇所も爆風で折れていた。

栄治は、その壊れた石垣に沿って、身を屈《かが》めて走った。時にはガジュマルの幹に身を隠し、時には壊れた家の軒下を走った。

栄治がその女を見たのは、小隊長から託された封書を無事、西崎の小隊に届け、同じ道を帰路につき、再び真謝村を通った時であった。半壊した家の前を通った時、その家の中に人の気配を感じて、思わず栄治は身を伏せた。突然、視界に入った人物は、米兵でないことは確かだった。たぶん友軍の兵隊でもない。いったい何者だろうか。栄治は、石垣に身を隠しながら呼吸を整え、考えを整理した。見た人物は一人であった。たぶん村人であろう。栄治はそう思うと、おそるおそる身を乗り出し、その家へ近づいて行った。

その民家は被弾しており、正面の雨戸は、ほとんどがへし折られ、あるいは爆風で吹き飛ばされていた。栄治は、庭を匍匐《ほふく》して前進し、縁側まで辿り着くと、そっと顔を上げて中を覗いた。

やはり村人であった。それも女であった。女が一人、裏の土間にしゃがみ込んでいた。よく見ると、女は水を使っていた。小さな水桶に水を汲み、手拭いを濡らして身体をふいていた。裏庭には、井戸を囲ったと思われる石積みの囲いが見える。女は、たぶんそこから水を汲んできたのであろう。時折、着物の襟を開く際に見える襟足の白さが、庭に射した月明かりの反射を受けて、栄治には艶《なまめ》かしく映る。洗い上がりの黒髪が瑞々《みずみず》しく光っている。

栄治は心の高まりを覚えた。一瞬、その女は民子ではないかと思われた。ぼんやりとした暗闇の中に浮かんだ後ろ姿や横顔からは、そうであるとは言い切れない。しかし、一度その考えが心に浮かぶと、あっという間に栄治の心は、民子に違いないという思いに囚われてしまった。しかし、なぜ、こんな時間に……。栄治は、もう一度高鳴る思いを抑えながら顔を上げて女を見た。

民子は、栄治と同じ小隊に配置されている島の女子青年隊員の一人であった。

やはり、民子ではないようにも思う。民子は、栄治と同じ年頃だ。今、目の前にあるのは、成熟した女の艶かしい姿態だ。いつも見ている民子ではない……。いや、やはり民子のようにも思う。栄治は、結論を曖昧なままにして、再び女に民子の姿を重ねて覗き見た。

女は、まるで栄治に気づかない。少しずつ、襟を肩先まで脱ぎ落とし、胸を大きく開いて身体をふいていく。白い乳房が栄治の目を射る。乳首がシルエットになって美しい。栄治は、その美しさに威嚇されたように後退する。そっと、軒下を離れ、それから一目散に駆け出した。

そのことがあってから、数日後のことだった。栄治が、洞穴を出て、夜風に打たれてぼんやりしていると、傍らに民子がやって来て声をかけた。民子が、栄治の方に向かって来る姿は栄治にも見えていた。しかし、栄治は自分の傍らに立ち止まって声をかけられるとは思ってもみなかった。

「どうしたの。」

民子は、確かそのように栄治に尋ねた。

栄治は、慌てて首を横に振った。

「いや、何でもないよ。」

民子は、さらに続けて栄治に聞く。

「何か、思い詰めた様子で壕を出て行くので、どうしたのかなと思ったの……。」

「ありがとう、何でもないよ。」

栄治は、そう言うと民子を見た。民子と一緒に、この小隊で働いてから半年近くになる。しかし、考えてみるとほとんど口をきいたことがなかった。このように二人きりで話したことなど一度もなかったのではなかろうか。それほどに互いにあくせくと働いてきた。あるいは、戦争のさなかには、そのような甘い記憶は残らないのだろうか。

栄治は、傍らに立つ民子の匂いに、月明かりに照らされて水を浴びていたあの日の女の姿を思い出した。あの日以来、栄治の心には、民子が棲みついていた。民子の一挙手一投足をちらちらと盗み見るようになっていた。あの晩、あの女が民子であったかどうかを確かめるのは簡単なことだった。小隊に戻ってから民子がいるかどうかを確かめさえすればよかったのだが、そのことに気づいた時には、すでに二、三時間が経過していた。当然、慌てて壕内を見回した時には、民子はいつもの場所で働いていた。

「ありがとう、本当に何でもないんだよ。」

栄治は、再び民子にそう言った。

しかし、民子はその言葉を聞いて、にこっと栄治に微笑んだだけで立ち去ろうとはしなかった。しばらく、息詰まるような沈黙の時間が流れた。栄治は、自分のことを気遣って追いかけて来た民子に、つっけんどんな返事をしている自分に気づくと、民子に済まない思いがした。息詰まるような雰囲気を振り払うように口を開いた。

「イクサは、いつまで続くのかなあ……。」

栄治は、夜空を見上げながら小さなため息とともにつぶやいた。

辺りは、しーんと静まりかえっている。この島で今、イクサが行われていることなど思いも寄らぬほどの静けさであった。

「分からないわ……。」

民子が、返事をする。力なく、淋しく答える民子の言葉に、栄治は、さらに済まない気持ちになる。何も民子に答を求めたのではなかったのだが、結果的にそうなってしまっている。

「そうだね、僕たちには分からないね。」

栄治は、そう言って民子を見る。民子は、笑って頷く。

「座ろうか。」

栄治は、辺りを見回して座りやすい場所を見つけると、民子にそれを示して、自分もその傍らに座った。

栄治は、民子のことを何も知らない。そのことに気づいて淋しくなる。

「この前、小隊長から言いつかって、西崎村の小隊まで行った。途中、真謝の村を通ったが、空襲や艦砲射撃を受けて村はめちゃめちゃに破壊されていた。民子さんは、どこの村の出身なの。」

栄治は、どぎまぎしながらも饒舌になって民子に尋ねる。

「その壊された村、真謝の村よ。そこで生まれ、そこで育ったわ。そこ以外は、どこも知らないわ。生まれた家は、村外れで、庭に大きなガジュマルの樹が生えている赤瓦の家。」

そこだ。その家だ。そうすると、やはりあの女は、民子だったのか。

「その家には、井戸があるかい。」

「ええ、あるわ。家の西側の庭にね。先祖代々引き継がれてきた井戸があるわ。」

そう言うと、民子は少し淋しそうな顔を見せた。栄治はそれに気づかない。再び、栄治の頭には、あの夜の艶かしい女の姿が浮かんでくる。栄治は、それを振り払うように民子に話しかける。

「民子さんの家族は、何人なの。」

「えーっと、母さんと、妹一人に弟二人、そして私の五人家族。」

「お父さんは。」

「父さんは、死んじゃった。ついこの間……。父さんは、兵隊さんが伊江島にやって来たときから飛行場建設に狩り出されて働いたわ。そのまま防衛隊員として召集され、上官にも気に入られて、自分には小銃も支給されるんだ、と言って喜んでいたわ。そして……、死んじゃったの。一週間ほど前かな。艦砲射撃が父さんを直撃したんだって。ふっとばされて、身体が千切れてばらばらになって、でも右手には小銃がしっかりと握りしめられて……いたんだって。」

民子は、それだけ言うと手で顔を押さえて泣き出した。栄治には、言葉が見つからない。何と言って慰めればいいのだろう。思いだけが溢れて口ごもるだけで、言葉が探せない。

しばらくの沈黙の後、民子は、手で涙をぬぐいながら顔を上げ、なお話し続ける。

「母さんはね、弟、妹を連れて村の人たちと一緒に島の北側の海岸沿いにある洞穴のどれかに避難しているはず。母さんたちにも、父さんの死は知らされているはずだわ。」

栄治は、初めてイクサを憎んだ。一所懸命イクサのために働いてきたのだ。しかし働きながらも、イクサに憎しみを抱いたことはなかった。でも、今、民子の話を聞いていると、父の死をも家族一緒に弔ってやることができない不幸が哀れであった。

栄治は、村に残してきた両親や弟妹たちのことが思い出された。父さんは、病弱であった。力仕事をすると決まって激しく咳き込んだ。元気でいるだろうか。

「栄治さんも、私と同じで、男二人、女二人の四人兄弟でしょう。」

栄治は、びっくりした。

「どうして知っているの。」

「栄作さんに聞いたの。私、栄治さんのことなら、大体は知っているわ。えーっと、お父さんの名前が、栄造さん、少し身体が弱いので、栄治さんが小さい頃からお父さん代わりをして、若いのに村一番の働き者であること。弟の名前は栄進、妹は幸恵に安子、お母さんの名前はサヨ。えーっと、それから、モーアシビでは……。」

「もういいよ、そこまで。」

栄治は、笑って話を遮《さえぎ》った。本当に驚いた。いつの間にこんなことを覚えたのだろう。

「えーっと、モーアシビでは……。」

民子が、栄治を冷やかすように再び笑いながら言う。

「ここまで、ここまで、はい終わり。」

栄治も笑いながら、再び話を遮る。

民子は、英治を見て言う。

「モーアシビのことは、私、知らないの。」

栄治は、思わず照れながら頭を掻く。そして、民子を見る。民子と目が合い、また一緒に笑う。民子の明るさが栄治にはまぶしい。父親を亡くしたばかりで、そして家族からも離れて、それでも健気に働いている。悲しんでいる暇などないのだろう。酷《むご》いことだと思う。生き続けて欲しいとも思う。

「民子さん、最近、真謝村にある実家に行ったことあるの。」

「どうして。」

栄治が、急に話題を変えたことにも、民子は驚かずににこにこ笑いながら答える。

「どうして、そんなこと聞くの。」

「だって、もうアメリカ兵は上陸したというし……。」

「そうね……。」

「危ないな。行かない方がいいな。アメリカ兵は女を見ると……。」

「大丈夫、行かないわ。だって行きたくても行けないいじゃない。こんなんじゃ。」

「そうだね。」

栄治は頷く。栄治は、屈託なく笑う民子を見ながら、ふとあの晩に見た女は、民子ではなく民子の母親ではなかったかと思う。まだ見たこともない母親だが、きっと民子に似ているに違いない。

「そりゃ、私だって行きたいわ。家がどうなっているか気になるわ。たくさんの思い出があの家には、あの家の周りには詰まっているもの。それを壊されたくないわ。でもね……。もし、行くことがあれば、その時は、栄治さん、一緒に連れて行ってね。」

「うん、連れて行ってやる。」

「わあ、本当、嬉しいわ。ありがとう。」

民子は、本当に嬉しそうに声を弾ませながら栄治を見る。それからゆっくりと遠くを見つめながら話し出した。

「もう一度、我が家の庭にある井戸の水を汲んで、思いきりざぶんと、頭から被ってみたいなあーって、何度も思うことあるのよね。夢にまで見るわ。イクサが始まる前は、家族皆でそこで水浴びをしたわ。小さい頃からそこは天国だった。友達なんかもいつもやって来てね。皆で水遊びをしていた。もし自分が隊を離れることができずにお前たちだけで避難するようなことがあれば、その井戸は石を入れて埋めなさいって。何度も何度も言ってたわ。なぜだか私には分からなかった。母さんも分からないって言ってたけど、父さんは黙って何も言わなかった。私は、母さんたちより一足先に家を離れたから、どうなっているのかしら、あの井戸、気になるわ。もう一度、あのひんやりとした井戸の水を浴びてから死にたいなあ。栄治さん、いつか機会があったら必ず連れて行ってね。お願いね。約束よ。」

民子が、言い終わらぬうちに、突然、ひゅるひゅるひゅると照明弾が宵の静けさを破って、夜空を照らした。それから小枝を叩くような機銃の音がした。そしてやがてドカンドカンと空気を震わせながら大きな音が聞こえてきた。それからは、ひっきりなしに照明弾が上がり続けた。それを見て栄治も民子も腰を上げた。

栄治は、立ち上がって両手でズボンに付いた土や草を叩き落としながら民子に尋ねた。

「民子さん、いくつなの。」

「一八、花も恥じらう一八歳。」

「そう、僕より三つ年下だ。」

「よかったね。」

「うん、よかった。」

二人は、顔を見合わせてまたにこっと笑った。それから、イクサの空を見上げ、洞穴に向かって駆け出した。

7

その日を境に、二人は急激に親密になっていった。示し合わせたように二人の姿が、洞穴の中から消えることが何度かあった。やがて、二人の仲が徐々に周りの者にも知れ渡るようになったが、それでもだれも二人に文句を言わなかった。

源太にも、この二人の若者が洞穴内で黙して語り合う思いは伝わってきた。人並み以上に一所懸命働く姿に、むしろ激励し、祝福を与えてやりたい気持ちに駆られるほどであった。たぶん、皆もそのような思いであっただろう。二人の姿を見ながら、イクサがこのまま終わってくれればいいがと必死に念じていたはずだ。

ひゅうひゅうと布を引き裂くような音とともに、地響きを伴った大小の破裂音が山々に谺《こだま》した。遠くの夜空が夕焼けのように赤く染まる日が何日も何日も続いた。学校のあるウイヌシマの高台から眺める焼けた夜空の光景は、美しい夕焼けのようにも見えた。しかしその空の下で、昼夜を問わずイクサが行われているのだ。その空の下にお父もいるのだろうか……。

太一は、お父のことが心配で、時々、源助じいと山を降りて村の様子を窺いに来るついでに、ウイヌシマに登って遠くの海や山の向こうの光景を見遣ることがあった。村の大人たちの話では、アメリカーは、間もなく上陸するという。この頃は、その話を裏付けるかのように、海の上を何艘もの船が南に向かって進んでいくのを見ることがあった。また、奇妙なうなり声を上げて、飛行機が編隊を組んで、同じように南の空へ飛んでいくのを見ることもあった。飛行機を見る度に、太一は大人たちに教えられた通りに、木の下や岩の陰に身を隠したが、その飛行機が日本軍のものなのかアメリカーのものなのかは、太一には、見当がつかなかった。

太一ら子供たちにとって、アメリカーは憎き鬼畜生であった。もちろん、大人にとってもそうであった。太一が大人たちから聞くアメリカーは、鼻が高く、山羊のような青い目をしており、女を見ると必ずなぶりものにするということであった。その鬼のような形相をしたアメリカーが、間もなくこの島に上陸して来るという。上陸して来るとすれば、どこから来るのだろう。たぶん目の前の海からだ。目の前の海から上陸して来るとすれば、お母が最初になぶりものにされるのではないだろうか。お母が、最初に殺されるのではないだろうか……。太一は、幼い胸にいっぱいの不安を募らせながら、こわごわと大人たちの話を聞いていた。

太一は、初め小屋で見た女はお母でないと思っていたが、だんだんと日が経つにつれて、やはりあの女はお母に違いないという確信を、強く持つようになっていた。あの顔、あの仕種、あの匂い……。すべてが懐かしいお母のものだ。それにあの時、小屋の中には確かに見覚えのあるお母の服が掛けてあるのを、はっきりと見たのである。しかし、中から聞こえた声、あれはお母の声ではない。

あの声は、お母が、美代と自分を早く家へ帰すために、わざと男の声音を使ったのではなかろうか。お母の言う通り、タッチュー岩の辺りは、潮が満ちてくると子供では渡れなくなる。それに、太一ら子供たちにとっては、タッチュー岩と楚洲川の間にある墓の前を歩くのは、何となく気味が悪く怖かった。あの時は日が暮れかかっていた。だから、無意識のうちに家へ早く帰らせる行動を取ったのだろう。今度はゆっくりと余裕を持ってお母に会いに行きたい。そうすれば、お母も喜んで会ってくれるはずだ。小屋の中へ迎え入れてくれるに違いない。その時は、また美代も連れて行こう。太一は、強くそう思っていた。

太一は、ひそかにそのチャンスを窺っていた。しかし、山中での生活が続くと、なかなか浜辺まで降りることはできなかった。

そんな時、園子がハブ（毒へび）に咬まれた。太一はそのことを梅子ネエから聞くと、いても立ってもいられなかった。

山中の村人たちは、それぞれの家族や親戚ごとに一塊になって息を潜めて暮らしていたが、どの家族がどこにいるかは、互いに連絡を取り合って分かっていた。それはだれからともなく、自然にできた決まりのようなものであった。お父たちをイクサに取られて気弱くなった残された家族の、いざという時の知恵でもあったのだろう。それぞれ数少ない村人たちであったが、互いに励まし合って不自由な生活に耐えていたのだ。太一にも、園子たちの家族が身を潜めている場所は分かっていた。太一たちのいる場所からそれほど離れているわけではない。

「園子を見てくる。」

と、タエおばあに言い残すと、太一は、一目散に園子の家族のいる小屋に向かって駆け出した。枯れ葉や木の枝を踏みしめながら、太一は走った。ポキポキと、小枝が音立てて足元で折れた。

「園子、死ぬなよ、死ぬなよ。」

太一は、心の中で何度も何度もつぶやきながら走った。

園子は、お母のトキの腕に抱かれて目を閉じていた。源助じいも、そして村の人々も何人かやって来ていた。お母のトキの腕の中で、園子の頭部は二倍ほどにも膨れ上がり、同じように顔も肩口までにも達するかと思われるほどに腫れていた。目は細く糸を引いたように顔の中にめり込んでいる。園子は右耳の後ろの首すじを咬まれたということだった。古老たちが頭髪を剃り、剃刀《かみそり》で傷口を切り開いて毒血を吸い出したものの、これ以上の治療は難しいということであった。

園子はハブに咬まれてから、すでに丸一日余が経過していた。顔や頭の腫れは退くこともなかったから、これ以上の手当てができない山中では、手をこまねいて見ている以外に何もできなかった。それは園子にも、そのまま死を待つ以外に仕方がないということだった。確実に、園子は衰弱してきており、やがて、死がやって来るだろうことは、だれの目にも明らかであった。

太一は、立ち尽くしたまま声も出なかった。トキが太一を見て、見舞いに来てくれたお礼を言い、園子に声をかけた。

「園子、太一が来たよ。太一がやって来たよ。お前の大好きな太一がやって来たよ……。」

園子は、その言葉に頷いたようだった。微かに頭を動かそうとするが動かない。トキの目は、何日も泣き続けた者のように真っ赤に腫れている。

「太一、ここに来て園子を見てごらん、ダア（ほら）、こんなになったさ。太一、ここに来て座ってごらん。」

トキが、太一に優しい声をかける。太一は、トキに言われるままに園子のそばに座った。そしてトキが擦《さす》っている小さな白い園子の手を見た。それから、じっと園子の顔を見た。園子がにこっと微笑んで唇を動かし、絞るような声で、

「太一……。」

と、小さく息を吐いたように太一には思えた。それからすぐにガクンと身体全部の力を失い、手が折れたようにダラリと垂れ下がった。

「園子、園子……。」

トキが、悲鳴を上げた。

「園子、園子。何でよ、何でよ……。」

後は、言葉が続かない。トキの傍らで、膝をきつく合わせてちょこんと座っていた園子の妹の良子が、トキの泣き声に堰を切ったように、トキにしがみ付いて泣き出した。トキは、先日、長男の吾作を失ったばかりであった。

「園子、園子よ……。お前まで死んでしまったら、お父に合わせる顔がないじゃないか。お母はどうして生きていけばいいんだよ。園子、園子よ……。」

トキは、放心したように、だれ憚《はばか》ることなく大声で泣き出した。

トキの悲しみは、そこに立ち尽くしている皆にも充分伝わってきた。しかし、だれもそれを慰めることができない……。それのみか、このままイクサが続けば、いつかトキと同じ悲しみが、きっと自分たちをも襲うことが、予測できるのだ。

太一は、涙をぬぐって園子の傍らから立ち上がった。前には吾作の死を看取り、そして今、目の前で園子の死を看取った。吾作は頭を割られ、血を流し、悲鳴も上げずに死んでいった。園子は、醜く腫れた顔に精いっぱいの微笑みを浮かべようとして、それもできずに死んでいった。まだ、園子も太一も一〇歳になったばかりだ。

「アイエナー……、アイエナー……。」

トキは、いつまでも園子を抱いたまま泣き続けた。

いつの間にか、雨が降り出している。木の葉を叩く雨の音が激しさを増していたが、だれもそれに気づかぬかのように立ち竦《すく》んだままであった。太一も顔をくしゃくしゃにしながら雨に打たれていた。雨と一緒に、塩辛い涙が口の中に入り込んでくる。後ずさって小屋を出た太一の手のひらで、握られた小枝がぽきりと音を立てて折れた。しかし、太一の耳には、その音が聞こえない。雨は、梢の隙間から太一の頭上に激しく降り続いていた。

8

グシク山を中心にして降り注ぐ艦砲射撃の砲弾は、視界を遮るほどの激しいものであった。加えて空からの爆撃もあり、源太たちは身じろぎもできなかった。四月十五日、源太たちの隊は、島の北海岸にあるナバンガマという洞穴に身を潜めていた。翌十六日は朝から珍しく米軍機も飛ばないので不思議に思っていたら、アメリカ軍の上陸の日だった。それを源太たちが知ったのは、四月も終わりに近い頃だった。アメリカ軍は上陸後も、以前と同じように激しい砲火を浴びせ続けた。

楚洲からイクサに取られて伊江島にやって来た源太たちは、各小隊に分散して配置されていた。源太は、山城栄作、森根盛徳、多和田吾郎、比嘉栄治の四人と一緒の小隊であったが、すでに多和田吾郎は艦砲射撃の犠牲になっていた。そして、他の隊に配置されていた渡口釜助、山城徳蔵、平良義信らのうち、渡口釜助も、すでに戦死したとの情報が入っていた。

上陸したアメリカ軍は、周辺の陣地を撃退占拠しながら一気にグシク山の司令壕を目指していた。源太たちの小隊は、ミナトバルにいる小隊と協力して、島の中央の学校跡に陣取ったアメリカ軍を攻撃するようにとの命令を本部より受けていた。源太たちの潜んでいる壕には、まだ四十数人の兵士が残っていた。

五人の斥候が選ばれ、辺りの様子と一キロほど離れたところにあるミナトバルまでの様子を偵察することが命じられた。源太と山城栄作も斥候に加えられた。

皆が銃を持って一列縦隊になって進んで行くと、四〇〇メートルほど行った所で、突然アメリカ兵の銃撃を受けた。先頭を歩いていた軍曹が即死、山城栄作も胸と足に被弾、重傷を負った。あっという間の出来事であった。それ以上はもう一歩も進めなかった。恐る恐る前方を見ると、ミナトバルの辺りはもちろん、付近一帯はほとんどアメリカ兵に埋め尽くされていて、とてもミナトバルまでは行けそうもなかった。

危うく命拾いをした残りの三人で負傷した山城栄作を背負い、壕に戻って来た。戻って来て小隊長に事情を説明すると、小隊長は声を上げて源太たちを怒鳴った。

「ばか野郎、上官を見捨てて来るやつがあるか。気をつけ！」

源太たちは、疲労した身体を精いっぱい伸ばして直立不動の姿勢を取った。傍らで負傷して横たわっている山城栄作が呻《うめ》き声を洩らした。小隊長はその栄作を見ながら、源太たちをさらに怒鳴った。

「お前たち、どうして上官を見捨てて来たのだ。えーっ、どうしてなんだ。どうしてお前たちだけ、生きて帰って来たんだ。」

源太の傍らで一人が唇を震わせ、吃《ども》りながら返事をした。

「じ、じ、じぶんたちは、斥候であります。」

「ばか野郎。斥候は上官を見殺しにしてもいいというのか。」

言い終わると同時に、直立不動の姿勢を取っている三人の頬に平手打ちがとんだ。

だれも、見殺しにしたわけではない。あっという間の出来事だった。仕方がなかったのだ。源太は、今さらとは思うものの小隊長の言動に怒りが込み上げてきた。

「お前たちは上官を見殺しにした。そればかりではない。どうせ助からないような重傷者を担《かつ》いで帰って来た。」

小隊長は、軍曹と同郷だった。源太は一瞬、小隊長の怒りはそこにあるのかもしれないと思った。そう思うと可笑《おか》しくなった。そんなことで死が左右されたり、怒りが爆発したりするのだ。それが戦争なのだ。源太はなぜか気が楽になって、ふっと笑みを洩らした。それを小隊長に見られて、またぶん殴られた。

「松堂、キサマ、たるんどるぞ。それで戦争が勝てるか。」

源太は、もう勝てないと、思っていた。血と汗を流した飛行場は見捨てられ、今またほとんど反撃することもできないままに、島はアメリカ軍に占拠されつつある。少なくとも伊江島の戦いは勝てないと思った。

「松堂源太。おい、キサマ、どうして重傷者をわざわざ難儀をしてここまで運んで来たんだ。」

源太は、やはり小隊長の怒りは可笑しいと思った。と同時に不思議なことだが、この緊張すべき場面で緊張の糸がぷつりと切れたように感じた。何か説明しにくい解放感だ。もう、恐れるものは何もない。源太は、直立不動のままで小隊長に答えた。

「まだ生きております。」

「ばかたれ。重傷者に構っている余裕などないということだ。キサマ、分からんのか。手当てなどしてやれないということだ。」

小隊長は、ぐったりとしている山城栄作を見下ろして、それから正面の源太を見た。

そして二人の顔を交互に見ながら、

「おい、松堂源太。お前、ヤツを楽にしてやれ。」

小隊長は、威嚇するように源太に言った。栄作は、痛みを堪えるために体力を消耗して、もうほとんど目を開けることもできなかった。源太が栄作を見ると、栄作は微かに目を開き、せかすように頷いた。そして哀願するように源太に向かって何事かを言った。しかし、ほとんど源太には聞き取れなかった。わずかに唇の動きから、

「楽にしてくれ、源太。楽にしてくれ、源太……。」

と、言っているように思われた。

「できません。」

「なに、できない。できませんとは何だ。キサマ、それとも何だ、わしの命令が聞けないのか。」

また、平手打ちが飛んできた。小隊長は全身の体重を乗せて、もはやこれまでかと思われんばかりの平手打ちを、源太に浴びせた。何度めかの平手打ちの時、源太がバランスを崩して後ろへひっくり返った。その時、やっと小隊長は殴るのを止め、全身で息をしながら黙って壕を出て行った。

救護班員の民子が、栄作の元へ走り寄った。民子に続いて、栄治、そして衛生兵が走

り寄って傷口を見た。衛生兵は、ゆっくりとかぶりを振った。

源太は、殴られて血が止まらない口元を手でぬぐいながら、栄作の元へ歩み寄った。

「栄作、しっかりするんだぞ。何でもないぞ、このぐらいの傷は……。気をしっかり持つんだぞ。」

栄作の目から涙が溢れている。手招きされるままに源太は栄作の傍らへ膝をついた。栄作は、精いっぱいの力を振り絞って、ぼそぼそと源太に詫びている。栄作に呼び寄せられるがままに、源太は栄作の口元に耳を近づけて、力のなくなった声に聞き耳をたてる。

「済まない、済まないなあ、源太。静江のことでは何にも力になれなかった。済まなかったなあ、源太。許してくれ。」

源太は、首を振った。何も済まないことをされたわけではない。その記憶も浮かばない。気に病むことはないのだ。そう言おうとした時、さらに栄作は、か細い声で源太を手招きして耳元で話し続けた。

「何もしてやれんかったなあ、源太……。隣に住んでおって何もしてやれんかった……。」

そんなことはない。太一や美代が、吾作や園子にずいぶんと世話になっている。それだけで充分だ。

「しっかりするんだぞ、栄作。いいか、子供たちのためにも生きて帰るんだぞ。」

栄作は、頷きながら、遠くを見つめている。涙が溢れている。いつの間にか同郷の盛徳も源太のそばにやって来て、栄作を励ましている。

「栄作、なんでもないぞ。」

栄作は、源太と栄治、盛徳を交互に見ながら頷き、最後の力を振り絞るように言う。

「源太、盛徳、栄治……。村に帰ったら、トキや、吾作や園子や良子を頼むぞ……。」

「分かった、分かった。分かったから、しっかりするんだ。」

「少し、寝かせてやりましょう。大丈夫です。何とかなります。」

民子の声に、源太も盛徳も、そして栄治も一緒に栄作の元を離れる。大丈夫なことなどないのは、民子ももちろん、皆も分かっている。しかし、今はそうしてやった方がよいのかもしれない。

源太は、腰を下ろして洞穴の壁に凭れかかる。戦闘の疲れと、緊張からか、どっと眠気が押し寄せて来る。いつの間にか民子がやって来て、源太の口から流れた血を脱脂綿でふいてくれている。されるがままにして、礼を言う。民子が立ち去ると、源太はすぐに深い眠りに落ちていった。

何時間ほど、眠ったのだろうか。

「起きろ！」

と言う声に目を覚ます。

「小隊長殿の命令だ。全員、壕の前に出て整列！」

甲高い声が、壕内に響き渡っている。その声に壕の中にいる者が、慌てて身繕《みづくろ》いを正して出口へ向かう。源太も慌てて立ち上がり、出口へ向かう。
二、三人の重傷者を除いた四十数人全員が、壕の前に整列し、直立不動の姿勢を取って並んだ。並び終わった後、小隊長は全員を見回して言った。
「よいか、本日、夜明けを期して全員で総攻撃をかける。残念ながら、ミナトバルにいる小隊とは連絡が不可能になった。本隊は単独行動をとる。夜明けとともに敵軍へ総攻撃だ。それまで充分に休養を取っておけ。以上だ。」

兵隊にも、救護班員の民子にも、そこにいる者全員に、あるだけの武器が支給された。

源太には、小銃の他に手投弾二個が与えられた。それから小隊は二班に編成され、グシク山方面と飛行場方面への攻撃班が編成された。源太は飛行場方面への攻撃班に加えられた。民子も盛徳も、そして栄治も一緒だった。

「今夜は月夜だ。この月が沈んだら、一斉に攻撃を開始する。今夜のこの月が見収めになるかもしれぬ。しっかりと眺めておくんだ。」

小隊長の話に皆が空を見上げた時だった。突然、壕の奥でストーンと大きな爆発音がした。手投弾の音だ。壕内に横たわっていた重傷者たちの自爆する手投弾の音だった。

「しまった。栄作が……。」

源太は、同時に壕内へ向かって駆け出した。もうもうと立ちこめる煙が晴れた時、そこには見るも無残な栄作らの死体が、剝《む》き出しになって横たわっていた。

背後から、声がする。

「彼らは、立派にお国のためにその責任を果たした。全員、敬礼！」

小隊長の声だった。源太は、言われるままにその無残な死体に敬礼をした。怒りと悲しみの入り交じった異様な気分で立ち尽くす源太の頰を、涙が流れ落ちていく。

夜明けを前に、源太たちは壕を出た。壕を出て三十分ほど経つと、うっすらと夜が明けてきた。飛行場に近い赤嶺の池の辺りまで来ると、一斉に集中射撃を浴びた。源太たちは、慌てて木の茂みに隠れたが、そこへどこから飛んで来るのか分からない砲撃が、雨のように襲いかかってきた。機銃と砲弾の嵐の前に、次々と仲間が悲鳴を上げて死んでいった。

源太らの後方で身を伏せていた民子も、直撃弾を受けて吹き飛ばされてしまった。どこへ飛ばされたのかも分からない。あっという間に視界から民子の姿が消えた。民子の着ていた着物の切れ端が、後方に聳《そび》える琉球松の木の枝に架かっているだけであった。一八歳の少女の人生を惜しんでやることもできなかった。源太の近くでも、同じように次々と砲弾が炸裂して、ほとんど顔を上げることもできなかった。

栄治はどこへ行ったか分からない。民子の死と同時に、後方で栄治の悲鳴が聞こえたようにも思えたが、姿がない。栄治も直撃弾を受けて吹っ飛んだのだろうか。生き残っているのは、どうやら源太と盛徳の二人だけのようであった。源太は、盛徳にこのままこの場所にじっとしていようと、手で合図をして動かずにいた。互いに励まし合って、一日中同じ場所に声も立てずに潜んでいた。明るい間は動き回らないほうがいいと考えたのである。

日が暮れかかった頃、どこからともなく島の住民が二人、一人の男を抱えるようにして源太たちのいる場所へやって来た。すぐに、その男は、行方が知れなくなっていた栄治だと分かった。右手に民子の着ていた紺のかすりの着物の切れ端を握りしめている。赤い血がこびり付いていていた。二人の住民は、ふらふらと夢遊病者のように戦場を歩いているのを、見兼ねて引き連れて来たのだと言った。名前と部隊名を聞いても、口がきけないのか、全く返事がないということだった。

「栄治、おい、大丈夫か、栄治。」

栄治が、また、ふらふらと立ち上がったのを見て、慌てて源太が抱きかかえて座らせる。盛徳も栄治に近寄り、栄治の顔を叩きながら言う。

「おい、栄治。しっかりしろよ、栄治。いいか……。」

それでも、栄治の目は虚空を見ている。焦点が定まらない。あっという間に吹っ飛んでしまった民子の死を目撃して、言葉を失ってしまったのだろうか。無理もない。たぶん栄治の目の前で、民子の肉体が炸裂し、民子の精神も、存在も、すべてが粉々に吹き飛んでしまったのだろう。そして、残ったのは、衣服に付着していたわずかばかりの肉片だけであったのだ……。千切れて残った肉片を見て、気がふれたのだろうか。

もう一度、後方に目を遣る。先ほどまで琉球松の枝に架かっていた民子の衣服は、もう見えなくなっている。次々と雨のように飛んで来る砲弾の爆風に、飛ばされてしまったのだろうか。たぶん、民子の肉体も、この辺りに無数に千切れて散在しているはずだ。

盛徳が、栄治を横に寝かせ、我が子を抱くように抱き寄せ、押さえ付けて頭を撫でている。

「栄治、生きていて、よかった、よかった……。」

栄治は、口をポカーンと開けて、盛徳にされるがままになっている。

「栄治、よく頑張った。よく頑張ったぞ。もう、一緒に家へ帰ろう。一緒に家へ帰ろうな……。」

盛徳は、強く栄治を抱き寄せたままで、涙を流しながら語りかけている。

源太は、その二人を見ながらも、前方に鋭く視線を走らせた。源太たちが身を隠している場所は、ちょうど前方からは死角になっているようだ。しかし、いつ、アメリカ兵がやって来るか分からない。用心した方がいい。

砲弾は、相変わらず後ろでも前でも炸裂している。そして、時々威嚇するように機銃が発射される。やはり、今はここを動かない方がよいのかもしれない。

源太が、ちょうどそのようなことを考えながら、再び敵陣を見据えようと、前方へ目をやった時だった。

「ちくしょう…。」

確か、このような言葉だった。呻くような、わめくような、獣じみた声が傍らでしたかと思うと、あっという間に盛徳が、敵陣へ向かって走り出していた。

源太が、そのことに気づいた時には、すでに盛徳は遥か前方を駆けていた。

「待て、おい、盛徳、盛徳……。」

源太は、力の限り叫んだ。届かなかったのかもしれない。ダグダダッ……と、機銃の音がして、盛徳はくるりと一回転してどっと倒れた。

「盛徳……。」

源太は、土を叩いて悔しがった。

涙を堪えながら栄治を見た。栄治の目は、相変わらず虚空を見つめている。源太は、手にした小銃を置き、栄治の元ににじり寄って栄治を抱きしめた。

やがて、辺りに夕闇が訪れた。島の二人の住民が、家族が北海岸の洞穴にいるに違いないというので、皆でそこへ行くことにした。照明弾が上がると伏せ、消えると進んだ。やっとの思いで洞穴に着くと、そこにはたくさんの島の人たちがいた。その中には十数人の兵隊たちも混じっていた。その時、初めて島の守備隊の大隊長の自決を知った。

大隊長は、アメリカ軍の上陸後、連絡が不充分な全部隊へできる限りの連絡をとり、総攻撃を命じた。各小隊ともアメリカ軍の攻撃を受けてほとんど全滅した。もしくは壊滅的な打撃を受けて全く組織的な抵抗はできなくなった。大隊長は、アハッテガマという洞穴で、責任をとって数名の兵隊とともに自決をしたという。自決をする際、大隊長は次のような命令を下したことも知った。

「本島出身の者は、本島の八重岳にいる宇土部隊に合流せよ。そのために筏で渡ろうと泳いで渡ろうと、島を脱出せよ。伊江島の出身者は、アメリカ軍の戦線を突破して、グシク山の守備隊に合流しその指揮下に入れ。」

源太は、その命令を聞いて即座に筏を組んで島を脱出することを考えた。宇土部隊に合流するためではない。静江や太一や美代、そして幸子のことが気になったのである。源助じいやタエおばあのことが気になったのである。楚洲の村へ帰りたいと思った。たぶん島を脱出するのは容易なことではないだろう。しかしこの小さい島で生き延びるのも、容易なことではない。同じ死を賭けるのなら、家族のために死にたいと思った。幸いにも、島を脱出することには大義名分が立つ。もちろん楚洲へ戻ることは源太だけの秘密である。何はともあれ、まずは本島へ脱出することだ。本島は目の前に大きく聳えているのだ。渡り切ってしまえばなんとかなる。

源太は、早速洞穴の中で仲間を募った。十一人の仲間が集まった。兵隊は七人、島の住民は四人の合計十一人であった。

兵隊は、すべて本島の出身者であった。皆、口にこそ出さなかったが家族のことを心配している様子が手に取るように分かった。島を脱出し、家族のもとへ駆けつけたい思いは、何も源太だけのものではなかった。全員に暗黙の了解が成立した。

源太たちは、洞穴に到着したその翌々日には、日暮れを待って本島に最も近い南寄りの海岸線へ移動した。途中、村人たちに教わった場所で、筏にする材料を調達しながら移動した。照明弾の下には、村人たちや兵隊たちの多数の死体が散らばっていた。衣服が吹き飛んだ裸体の死体、臓器が飛び出した死体、手足がもぎ取られ顔がつぶれた死体、赤子を背負ったままの母親の死体など、見るも無残であった。

源太たちは、浜辺に近い雑木林の中で、二つの筏を作り、二組に別れて乗り組むことにした。夜が明けると、昼間はその場所をじっと動かずに、夜になるのを待った。

照明弾が引っ切りなしに上がった。二組に別れた兵士と村人たちは、頃合を見て同時に筏を海へ漕ぎ出した。久しぶりに嗅ぐ潮の香がだれにも懐かしかった。海水が心地よく、波がきらきらと輝いてまぶしかった。波しぶきを被りながらも、これで故郷へ帰れる、と、だれもが妻子や両親のことを思いやりながらほっとした矢先のことだった。突然、頭上で照明弾が上がり、辺りが昼間のような明るさになった。同時にダダダダダッと機関銃の音がして筏の木片がピシッピシッと音を立てて飛び散った。源太は思わず筏にへばりつくように身を伏せた。

「しまった、見つかったか」「もはやこれまでか」と、源太は思った。しかし、同時に、「ここで死んでたまるか」とも思った。太一や美代、静江や幸子、家族の顔が次々と浮かんできた。どのぐらいの時間が経ったのだろう。再び闇が戻った時、太一は仲間の安否が気になった。

「どうだ、皆大丈夫か……。」

声をかけてみるが返事がない。皆、弾を受けて海に転落したのだろうか。そっと顔を上げる。一人だけ、目の前に倒れているのが見える。他には、だれもいない。栄治だ。倒れているのは栄治だ。思わず声を出して躙《にじ》り寄る。

「栄治、栄治……。」

やはり、返事がない。栄治の額から血が流れている。抱き起こす源太の手のひらを、温かい栄治の血がべっとりと濡らしていく。源太は、思わず大声で叫ぶ。

「栄治。しっかりしろ。ここまで来たんだ。もう少しだ。もう少しだぞ……。」

源太の目から大粒の涙が落ちる。栄治の手に強く握りしめられた民子の着物の切れ端が見える。それを取り、栄治の額に流れる血をぬぐう。

ぱっと目の前が明るくなる。再び照明弾が筏を照らす。同時に機関銃の音がうなり声を上げて襲いかかってきた。源太の傍らで、筏の木片がピシッピシッと悲鳴を上げて捲れ上がった。同時に、源太は激しい痛みを下腹部に感じて気を失った。

9

園子がハブに咬まれて死んでから間もなく、幸子が死んだ。太一には何がなんだかよく分からなかった。幸子は、四、五日高熱を出して寝込んだままで死んでいった。医者に診せることもできなかった。梅子ネエとタエおばあの必死の看病も効果がなかった。梅子ネエは、ドタバタと小屋を出たり入ったりしながら、今にも泣き出しそうな顔で忙しそうに立ち振る舞っていたが、それがしばらく途絶《とだ》えたかと思うと、幸子の枕辺で大声で泣き出した。幸子の枕辺には、梅子とタエおばあの他に、源助じい、そして、ウイヌシマの産婆ばあさんのツルおばあも来ていた。皆が幸子の周りを取り囲むように座っていたが、その輪の中に、もう動かなくなった幸子がいた。

太一と美代もその輪の中にいた。太一は、幸子に躙り寄って幸子を覗こうとしたが、ツルおばあの膝の上に抱きかかえられた。それでも太一は、ツルおばあの膝の上から身を乗り出し、

「さちぃ。」

と、幸子に声をかけた。やはり、幸子は動かなかった。幸子は、いつもよりずっと透き通るような白い顔をしていた。なぜか、とても小さな顔になったように思われた。

太一は、山のせいだと思った。幸子も、そして園子も山が奪っていったのだ。太一は、

あれほどに馴染んでいた山が急に恐ろしくなった。不気味な静けさの中に、命が吸い込まれていくような気がした。山が、イクサをしているのを怒っているのだ。

「おじい……、村に帰ろう……。」

死んだ幸子を目の前にして、思わず太一の唇が動いて言葉が出た。だれもがしーんとして言葉が続かない。皆も、一日も早く村へ帰りたいのだ。しかし、帰ることができないのだ。太一は、沈黙の中で皆の気持ちが痛いほど分かった。無理なことを言ってしまった。おじいに済まないことを言ったと思った。詫びたい気持ちになった。

「美代も、早く家に帰って遊びたいなあ。」

美代が、その沈黙を破って声を出す。太一は、怒った顔で美代を睨《にら》む。美代は、瞬間の太一の心の変化が読み取れない。泣き出しそうな顔になる。

源助じいが、それを見ながら皆に言う。

「もうちょっとの辛抱だ。もうすぐ、イクサは終わるという話も聞いた。もう、ちょっとだぞ。」

源助じいは、太一と美代を交互に見ながら、話し出す。

「もうちょっとしたら、家へ帰れるぞ……。」

源助じいは、自分へ言い聞かすように頷きながら、何度も言った。

幸子の遺体は、村外れにある墓地へ埋葬することになった。墓地は、楚洲川の下流の南側にあった。楚洲川を挟んで村とは、反対の方角である。

当初、埋葬へは、梅子ネエが幸子の亡骸《なきがら》を抱きかかえ、タエおばあと源助じいの三人だけで行く予定であった。村人は、だれも立ち合うことができなかった。太一は、美代のお守り役で残されることになっていた。しかし、美代がどうしても行きたいと言って泣き出すと、タエおばあがすぐに折れた。

「おじい、皆淋しいんだ。幸子も淋しいだろう。皆で行こう。美代、こっちへおいで、おばあと手を繋《つな》いで歩こうね、大丈夫だよね。」

美代は、涙をふきながら、タエおばあのそばに駆けて行き、おばあの手を強く握った。だれが何と言っても離れないぞという強い決意を示すかのように皆をぎゅっと睨みつけた。源助じいもあっさりとそれを許した。もちろん、太一は皆と一緒に行くことが当初からの希望だった。

皆で手を繋ぎながら、山を降りて行った。幸子を埋葬する墓地からは、楚洲川の流れが眼下に見える。そして、村が手に取るように近くに見える。

村は、しーんと静まりかえっていた。アメリカーはどこにもいる様子がなかった。それでも用心深く、身を屈めながら、皆で幸子を埋葬した。源助じいが墓穴を掘った。梅子ネエが村に戻り、家に残っているわずかばかりの幸子の服を持って帰って来た。そして、一緒に持ってきた白い布で幸子を丁寧にくるみ、その服と一緒に埋葬した。土を被せ、石を集めてその上に積んだ。やはり、梅子ネエが家から持ってきたのであろう、線香を立て、皆で手を合わせた。

静江が、幸子が死んだことを知ったのは、人目を忍んでやって来た梅子の口からであった。目の前で泣き崩れる梅子を見て、静江は梅子にも悲しい思いをさせてしまったと思った。梅子の悲しさを柔らげる言葉をと思うが、熱い思いだけが溢れて言葉にならない。幸子は、梅子の子供として生まれ、梅子の子供として死んだのだと、梅子を慰めようとするのだが、うまく言葉が出てこない。私の、不幸な子供だったという無念の思いと、母親として何もしてやれなかった悲しさが渦巻いて、言葉を作らないのかもしれない。

幸子は、そういう宿命の星の下に生まれて来た子だったのだ。幸子の幸は幸福の幸ではなかった。かわいそうな子だった……。だが、この母のことを知らないで死んでいった分だけ、まだ太一や美代と比べたら幸せなのかもしれない。太一や美代にも、このようにして生きている母の姿を見せてはいけないのかもしれない。

静江は、危うく声をかけそうになった先日のことを思い出す。声をかければきっと抱きしめていたに違いない。抱きしめれば帰すことができなくなっていただろう……。

あれから何度、風の叩く雨戸の音に、我が子ではないかと聞き耳を立てたことか。願ってはならないことだとは分かっていても、太一と美代が再び訪ねて来ることをどんなにか待ち続けたことか。ふらふらと、村の見える岬まで歩いて行っては立ち止まり、何度、我が子のことを思って涙を流したことか……。

もう、長く生き過ぎたのだ。気が弱くなっている。イクサの音も昼間は絶え間なく小太鼓の響きのようにトントントントンと潮風と一緒に聞こえてくる。アメリカーの艦船も何度も見た。もうすぐ、アメリカーが上陸して来るかもしれない。お父は、どこでイクサをしているのだろう。私は、どこへも行く所がない。もう、決意せねばならない時期なのかもしれない……。

「静江ネエ、なにか若くなったみたいに見えるよ。」

梅子が、急に静江のことを話題にする。

「本当だよ、静江ネエ。何か顔色もよくなってきているみたいよ。」

「まさか……。」

静江は、いつも梅子の明るさが救いだった。松堂の家に嫁に来てからずっと梅子には、世話になった。梅子の明るさについ静江も笑顔がこぼれる。

「梅子も、もう結婚の年頃になったねえ。でも、イクサで村の若い者は、皆いなくなっただろうね。」

「それに、今は山の中にいるからね。」

梅子が、静江の問いに屈託なく答える。

「でも、おじいも、そろそろ山を降りようかと言っていたよ。山の中は安全と思っていたけど、決してそうじゃなかった。園子や幸子のこともあったしね。それにアメリカーは、なかなかやって来ない。来たとしても、子供たちには危害を加えないだろうし、子供たちにとっては、村のほうがむしろ安全じゃないかってね。おじいも、いろいろ考えているみたいだよ。そしたら、静江ネエにも、もっともっといろいろなものを持ってこられるからね。」

「ありがとう。ありがとう梅子。いろいろと心配をかけるね。源助じいにも苦労をかけて済まないことだね。よろしく伝えてちょうだいね。」

源助じいもタエおばあも、太一や美代のことを可愛がってくれている。たとえ、私と源太がどうなっても……。

静江は、梅子に、さりげなく太一と美代のことを聞いた。つとめて明るく振る舞ったが、梅子の言葉を一語も漏らすまいと聞き耳を立て、必死に我が子の姿を思い描いた。そして何度も何度も二人のことを頼み込んだ。それから、帰って行く梅子の背中にゆっくりと手を振って別れを告げた。今度こそ最後の別れになる。できるなら、もう一度我が子を見たい。振り返りながら去って行く梅子の姿に、そのことをお願いしようと言葉が喉まで出かけたが、静江はぐっと我慢した。子供たちに会うと、きっと未練になる……。

梅子の姿が見えなくなると、静江は支えていたものを失ったかのように、その場に座り込んで自分の運命を呪った。

10

その日、夕食を済ませてから、梅子は久しぶりに太一と美代を連れて散歩に出た。タエに、夜風はまだ寒いからと頻《しき》りに止められたが、梅子はそれを聞かなかった。太一も美代も、梅子の手を引いて久しぶりにはしゃいでいるのを見ると、タエには、もうこれ以上止めることはできなかった。幸子の七七忌が済んだとはいえ、この子たちの、このようなはしゃぎぶりを見るのは何日ぶりであろうか。梅子の頑《かたく》なな態度にも、何か思うところがあってのことだろう。好きなようにさせてやろうと思った。

梅子もこの三年の間に、何か大人になったような気がする。いや、梅子だけではない。この三年の間に、松堂の人々は皆大人になった。太一も美代も、ふと驚くほどに大人の翳りを見せる時がある。しかし、やはりまだ太一と美代は、子供なのだ。子供のままがいいのだ。そう思うと、タエは、何かを振り払うように大きな声を出し、手を振って三人を見送った。それから、久しぶりに帰って来た我が家の竈《かまど》の前に座った。

松堂の家族のみでなく、村人たちは数日前から昼は山中に身を潜め、夜になると村の我が家に戻って食事をしたり、一夜を明かす者が出てきていた。もちろん朝日とともにまた日中は山中に身を隠すのだが、今日は松堂の人々にとって、山に入ってから久しぶりに我が家に戻って床板の上で食べる食事であった。だから、だれもが皆、浮き浮きした気分になっていた。

タエは、竈の前に座り、過ぎ去った数年間を思いやった。目頭が熱くなることばかりだった。それから振り返って座敷を見た。山に入る前には、そこに幸子が眠っていた。イクサが始まる前には、そこに源太と静江がいた。静江が患う前には、そこに辰吉がいた。今ではおじいが一人、背を丸めて座っている。おじいは、山に入る前、源太や辰吉が帰って来たら共に酌み交わすのだと言って床下に隠していた泡盛を少し取り出し、静かに一人で飲んでいる。源太や辰吉は、いったいいつになったら帰って来るのだろうか。タエには分からない。分からないことだらけだ。

タエは、火のない竈を棒切れでつついて灰をほじくり起こす。灰は、主のいない竈でもそのままに残っている。そのことがタエには、なおさらに悲しい思いを募らせる。灰の匂いが心に染みる。その匂いが懐かしくて、竈の前を動けない……。

梅子と太一と美代の三人は、庭のユウナの木の下をくぐり抜けると、すぐに浜辺へ出た。波が宵闇の中できらきらと白く光っている。太一と美代は、握っていた梅子の手を放して波打ち際まで駆け出した。そして海水に足を濡らし、波と戯れる。それから石を摑んで海へ向かって遠くまで投げる。投げるたびに、それぞれの石がそれぞれに違った音を立てて波の底に沈んでいく。

梅子は、きらきらと光る海に向かって影絵のように動いている二人の後ろ姿を見ながら、熱い思いが込み上げて来るのを禁じ得ない。この二人を連れ出して散歩に出たかった自分の気持ちが今、分かったような気がする。この子たちには、あまりにも辛い試練が多過ぎるのだ。あの石のように波の底に沈んでいくには、まだあまりにも幼過ぎるのだ。

太一の投げた石の、ドボーンという大きな音に、梅子は立ち上がって二人の名前を呼んだ。

太一と美代は、梅子の呼ぶ声に、すぐに梅子のもとに走って来た。しかし、太一は、さらに浜伝いに南に向かって歩き、楚洲川の川下まで行きたいと梅子にせがんだ。まだ辰兄ィが松堂の家にいた頃、その川下で飛び跳ねる魚や大きな蟹や目の赤く光るタナガーを捕ってくれたことを思い出した。それらをもう一度見たいと思ったからだ。あの時の辰兄ィみたいに松明《たいまつ》を持っていないことを悔やんだが、今は仕方がない。持っていなくても見られるに違いないと思った。

梅子は、すんなりと太一の意見を聞き入れた。もちろん、美代も大喜びである。

太一と梅子は、美代を間に挟んで手を繋ぎ、三人でわらべ歌を口ずさみながら歩いた。

正面にタッチュー岩が見えた。それは三人に同じように見えているはずである。梅子は、あの岩の向こう側にこの子たちのお母がいるのだと思った。そう思うと、そこに向かって歩いているこの行為は、一瞬顔をそむけたくなるほどの酷い仕打ちのように思えてきて、膝が震えた。太一と美代は、当然、そこにお母がいることを知らないはずだ。そのように思い込ませて自分を慰めた。それでも、梅子はタッチュー岩の方角からできるだけ視線を反《そ》らし、美代の顔を見ながら歩いた。自分の心の動揺を二人の子供に気づかれないように、美代にせがまれるままに、一層大きな声で覚えているだけのわらべ歌を歌った。

ジンジン　ジンジン　酒屋の水喰《ミジクワ》てぃ（蛍よ　蛍。酒屋の水を飲んで）
落《ウ》てぃりぃよー　ジンジン（落ちろよ　蛍）
下《サ》がりよー　ジンジン（降りろよ　蛍）
ジンジン　ジンジン　壺屋《ツボヤ》ぬ水飲《ミジヌ》でぃ（蛍よ　蛍。壺屋の水を飲んで）
落てぃりぃよー　ジンジン（落ちろよ　蛍）
下がりよー　ジンジン（降りろよ　蛍）
ジンジン　ジンジン　久茂地《クモジ》ぬ水飲でぃ（蛍よ　蛍。久茂地の水を飲んで）
落てぃりぃよー　ジンジン（落ちろよ　蛍）
下がりよー　ジンジン（降りろよ　蛍）

太一は、やがて繋いでいる美代の手を放して、一人でずんずんと歩き出した。前方に影絵のように浮かび上がっているタッチュー岩を見ていると、涙が出そうになった。あの、タッチュー岩の向こう側にお母がいるのだ……。

「お母に会いたい。お母に早く会いたい……。」

そう思うと胸が熱くなり、目頭があっという間に潤《うる》んできた。涙を美代にも梅子ネエにも見られたくなかった。だから、慌てて手を振りほどくと、二人の前に進んで歩き出したのである。

「よおし、きっと明日はお母に会いに行くぞ……。」

太一は、そう決心すると、今までの緊張が嘘のようにほぐれて清々《すがすが》しい気持ちになった。やっぱり、美代も連れて行ってやろう。太一は立ち止まり、振り返って美代を見た。そして再び手を繋ぎ、梅子ネエと美代の声に合わせてわらべ歌を口ずさんだ。

楚洲川の川下の水はひんやりとして、とても気持ちがよかった。太一と美代は、手で水の冷たさを計ったり、足を入れてその冷たさの感触を楽しんだりした。少し歩き疲れたのと、この川に着くまでにすでに遊びたいと思う心は満たされてしまっていたからであろうか。いつものように、ばしゃばしゃと水音を立てて魚を追いかけ回してはしゃぐのでもなく、ただ川を覗き込んだり、足元に寄って来る魚や蟹を注意深く眺めるだけで、それらのなすがままにまかせていた。

タナガーは、赤い目を光らせながら、いくらでも水に浸かった太一の足元までやって来た。そして、太一の足に触れるだけでなく、さわさわ、さわさわと小さな水音を立てながら爪先から膝頭まで登って来た。太一の足には、藪の中で蚊が群がるように、小さなタナガーが一度に十数匹も取り付いた。そのいずれもが忙しそうにさわさわさわさわと、お腹に付いた繊毛を動かし、目をぴんと立て、赤い星のような灯りを目の先に宿して水面までよじ登って来た。

太一は、そのタナガーをじっと見ていたが、やがて、あまりのむずがゆさに足を揺すって蹴散らした。すると足元で煙のように舞い上がった砂ぼこりの中から椎の実が一つ、勢いよく弾んで浮き上がってきた。

「椎の実だ。梅子ネエ、椎の実だよ……。」

太一は、思わず叫んでいた。そして、同時に心の中で手を叩いて即座につぶやいた。

「よーし、明日は椎の実をたくさん拾って、お母の所へ持って行こう。芋と一緒に椎の実を持って行って、お母に食べてもらうんだ。」

太一は自分のその考えに小踊りした。そう思うと、もう嬉しくて、太一は思わず手を水の中に入れ、沈んでいった椎の実を探した。

椎の木は、楚洲の山の至る所にある。だからこの椎の実も、楚洲川の上流にある大樹の一つから落ちて流れ着いたのだろう。

椎の実を集めるには、樹によじ登って採ることもできるし、また樹の下に落ちている実を拾って集めることもできる。しかし、最も手っ取り早く大量に集めるには、大樹から落ちた椎の実が川に集まり、流れの淀んだ場所に一塊になって沈んでいるのを拾うのが一番いい方法だということを、太一は知っていた。しかし、椎の実の季節がすでに終わったことに、太一は気づいていない。ただひたすらに、明日は、起きたらすぐに美代を連れて川に出かけて行き、椎の実を籠いっぱいに集めよう、ついでに、タナガーもたくさん捕って、お母のところへ持って行こう、とそのことだけが、ぐるぐる、ぐるぐると頭の中を駆け巡っていた。

太一は、だんだんと自分の考えに興奮した。お母に会えると思うと、もう嬉しくてたまらない。その計画を梅子ネエに話すことができないのが残念だ。太一は、その秘密の思いをぐっと飲み込んで梅子ネエを見た。

梅子ネエは、美代と一緒に石のように立ち竦んで遠くを見つめていた。二人は瞬《まばた》きもせずに遠くを見つめている。太一はすぐに二人の異様な視線に気づいた。慌てて水から上がると二人のもとに駆け寄った。太一が近寄って来たことに気づいた美代が、遠くを指差して太一に言う。

「ジンジンが、ジンジンが飛んで行く……。」

太一は、目を凝らしてその方角を見る。すると確かに美代が指差す方角に、無数の蛍のような淡いぼーっとした光が、点《つ》いては消え、消えては点きながら、いくつもいくつも立ち昇って行くのが見える。

「さちぃが、ジンジンになって飛んで行く……。」

と、美代が再び声を上げて、太一と梅子を見る。そこは、皆で幸子の亡骸を埋めた所だ。その石積みの墓の上を、淡い光が点滅している。淡い無数の光の中に、大きな塊と小さな塊が一つずつ見える。小さな塊となった光が、大きな塊となった光に手を引かれるようにゆらゆらと、大きく左右に揺れながら昇って行く。時にはその懐《ふところ》に抱かれるように、まるで太一たちと別れを惜しむかのようにゆっくりと昇って行く。太一も美代もじっとその光を見つめる。

「お母が……。」

と、梅子は言いかけて口をつぐんだ。その言葉は、突然水面で飛び跳ねた魚が立てた水音に消されて、美代にももちろん太一の耳にも聞こえなかった。

山の樹々は、暗闇で夜空を隈取《くま》るシルエットになって、さわさわ、さわさわと音を立てて、いつまでも揺れ続けた。

【解説】蛍の光が照らすもの
――大城貞俊『椎の川』に寄せて

村上陽子（沖縄・日本近現代文学研究、沖縄国際大学准教授）

山々がなだらかに連なる沖縄本島北部は、古くから山原（ヤンバル）と呼ばれている。山の七割を占めるのは照葉樹のイタジイである。遠目に見ると、樹冠がモコモコとしたブロッコリーの房のように見えるこの木は、ドングリを実らせて動物たちを支え、建築用材や薪炭として人々にも重宝されてきた。山は水を育み、島においては貴重な清水の流れる川を育てる。『椎の川』は、そのような豊かな山の懐にある小さな村、楚洲《そす》に暮らす松堂《まつどう》一家をめぐって展開する物語である。

はじめに焦点があてられるのは、七歳の少年、松堂太一である。働き者で優しい母の静江、無口な父の源太、幼い妹の美代、優しい祖父母や年若い叔父叔母に囲まれた太一は、いきいきと飛び回りながら、遊びと学び、生活の糧を得ることが渾然一体となった暮らしを送っている。楚洲川《そすがわ》で捕ったタナガー（川蝦《かわえび》）の天ぷらを口いっぱいに頬張り、大人たちといっしょに山に入る日、海に出る日をいまかいまかと待ちわびている太一は、そのみずみずしい身体感覚によってヤンバルの豊かな恵みを享受し、山や海の底知れない恐ろしさを感じ取る感性によってヤンバルの自然の厳しさを読者に垣間見せてくれる。

しかしこのような生活は長くは続かず、松堂一家の平和な暮らしは、二つの要因によって壊されることになってしまう。一つ目は静江を襲ったハンセン病であり、二つ目はヤンバルの地に容赦なく忍び寄ってくる戦争の足音である。この二つは、いずれも共同体という問題に強く結びつくものだ。すなわち、ハンセン病は共同体の内部に生じた脅威であり、戦争は共同体の外部から到来する脅威なのである。内と外、二つの脅威に直面した人々の生と死、そして楚洲という共同体のたどった道を『椎の川』は丹念に描いていく。

まず、一つ目の脅威が静江の身にふりかかる。楚洲の隣村の安田《あだ》に生まれた静江は、松堂の家に嫁いでからも骨惜しみせず働き、源太の両親に気に入られ、村の女たちに慕われ、子宝にも恵まれて、満ちたりた思いで暮らしていた。だが、このとき病はすでに静江の身体を蝕みはじめていた。村の共同作業で女たちが集まっていた煮炊きをしていた際、ふと身体の懸念を打ち明けた静江は、女たちの一人から「ナンブチ（ハンセン病）」

ではないかと言われてしまう。女たちは笑いに紛らせてその場を取り繕うが、静江が握っていた杓子《しゃくし》はさりげなく別の女に取り上げられるのである。やがて静江の身体にはよりはっきりとした病の兆候があらわれてくる——。

『椎の川』に描かれる楚洲は、村人たちが互いに助け合う「ユイマール」の精神が息づく村である。しかし、静江の発病はその相互扶助の精神に深い亀裂を生じさせることになった。ハンセン病を恐れ、感染を心配する村人たちは、静江を一刻も早く隔離し、村全体の安全を確保しろと静江の夫である源太に迫る。しかし源太は頑としてそれを受け付けない。源太は村の男たちと殴り合いのケンカをし、太一は年かさの少年たちから両親を侮蔑する言葉を浴びせられる。

ここには、異質なものを徹底して排斥し、共同体全体の安全を確保しようとする村の論理がある。この論理は共同体のマジョリティを利する一方で、ハンセン病患者のみならず、精神病者や身体障害者など、共同体にとって異質な存在、脅威となるとみなされたマイノリティを攻撃していく方向に働いてしまう。互いに助け合うことが前提となって営まれている暮らしのなかで、共同体の敵とみなされた人々やその家族がどれほどつらい思いをするかは想像に難くない。それゆえに、現実の世界ではマイノリティの人々を抱える家族こそが、そのもっとも強力な排斥者としてたちあらわれる場合も少なくない。

しかし『椎の川』において、松堂一家はハンセン病患者となった静江を支え続ける。特に源太の静江に対する愛情は揺らぐことがなく、治療のしようがないと医者に宣告された後も静江を背負って険しい山道を越え、診療所に通いつめる。源太の行為は、静江に白い目を向けていた村の人々の心さえも少しずつ揺るがしていく。家族という極めて小さな共同体が村落共同体から排斥される静江を守り、ともに生きることに向かおうとする。その点に、本作の根底に流れる人間に対する信頼を読み取ることができるだろう。

二つ目の脅威である戦争は、静江を守っていた家族という共同体はもちろんのこと、村落共同体をも無惨に引き裂いてしまうものとしてあらわれる。まず、楚洲の男たちに召集令状が届き、源太をはじめ各家の大黒柱が出征を余儀なくされる。村落共同体はまとまりを欠き、出征によって男手を失った家族がそれぞれに決断して山の中に避難するようになっていく。静江は、源太が出征してすぐに家を出る決意を固め、村はずれに建てられた小さな小屋に移り住んだ。静江が村を出たことで村の人々の態度はやわらぎ、太一はまた村の少年たちと遊べるようにもなるが、そのような変化はやはり静江の隔離という犠牲なくしては得られないものであった。やがて戦争は激しさを増し、太一も妹たちや祖父母、叔母とともに山中に避難する。しかし山中での生活は過酷で、太一は避難生活の中で友人や末の妹の死という苦しみに直面することになった。

一方、防衛隊の一員として激戦地となった伊江島《いえじま》に配属された源太は、過酷な戦場を体験する。源太の足取りをたどるとき、はじめて物語の舞台は楚洲を離れ、伊江島に移っていく。楚洲の男たちは全員が伊江島に配属されているため、伊江島の戦場もまた、楚洲の村の人々が体験した戦争の一部として示されるのである。

源太たちは日々過酷な陣地構築に汗を流し、伊江島に東洋一の飛行場を建設すべく働いた。しかし伊江島への米軍の上陸が迫ると、多大な労力を費やして完成した飛行場が米軍に利用されることを恐れた大本営は、飛行場の破壊命令を下す。ほとんど一度も使われることのないまま飛行場を破壊した源太たちは、その後は連日激しい空襲にさらされる。重傷を受けて動けないまま、手投弾による兵士の自決に巻き込まれた者もいれば、恋人を目の前で艦砲射撃に吹き飛ばされて放心した若者もいた。そして、島から必死で脱出しようとする源太も下腹部に被弾してしまう——。

強い絆で結ばれていた松堂一家は戦争によって引き裂かれ、別々の場所で一人ひとり欠けていく。楚洲に残された祖父母は静江や子どもたちを守るために力を尽くすが、静江が家から出るのを止めることができず、幼い子どもの死を前にしても成す術がない。防衛隊に入れられた源太は、軍人としての意識に縛られることなく最後まで家族のもとに戻るためにあがきつづけるが、遂にその努力が実ることはなかった。皆が笑顔で天ぷらをつついていた夜はもはや取り戻すことのできない、記憶のなかにのみ残された幸せとして遠のいていくのである。

以上のように、この物語の後半において松堂一家の人々は否応なく過酷な状況に巻き込まれていくのだが、同じ時期にかすかな希望が一瞬のきらめきを見せることを見逃してはならない。離れ小屋で一人死を待つ静江の病が治っていくという、やや奇妙な描写がそれである。昭和二十年の年明けを一人で迎えた静江は、子どもたちのために「願いごと（ウガン）」を捧げ、冷たい海につかって身を清める。このときを境に、静江は回復に向かっているかのように周囲の目に映りはじめる。たとえば、母親を探して小屋の傍にあらわれた太一は、静江の姿を盗み見て「不思議なことだが、お母の顔は、以前のすべすべした美しい膚《はだ》をもった元の顔に戻って、綺麗に光っている。髪もふさふさと蘇っている。時折、その髪を梳き上げるお母の手までが、頭を優しく撫でてくれたあの美しいお母の手だ」と感じる。また、静江の小屋にこっそりと食料を運び込む義妹も、「静江ネエ、なにか若くなったみたいに見えるよ」、「本当だよ、静江ネエ。何か顔色もよくなってきているみたいよ」と口にする。

無論、実際に静江の身体が回復しているわけではなく、静江自身も遠からずやってくる自分の死を予感している。しかし、静江の身体がたとえ一時であっても回復に向かうように見えたことは、太一や家族にとっての慰めとなり得たであろう。それは、すべてを失った自分であっても家族のために「願い事」を捧げることはできる、ということに気づき、そこに自分の最後の存在意義を見出して、最後まで家族のためにあろうとした静江の生涯の最後に送られた、小さな祝福であったのかもしれない。

静江の死は、楚洲川の上を舞い踊る蛍によって暗示されている。久しぶりに山を下り、自宅で一夜を過ごした松堂一家の人々は、竈《かまど》の前や座敷で思い思いに時間を過ごす。誰もが今はそこにいない家族を思い起こす中、太一はすぐ下の妹や叔母とともに楚洲川に向かう。戦争の間にも恵みを蓄え続けていた川にはタナガーがあふれ、椎の実もたくさん転がっていた。それを見た太一は、大人たちには内緒で椎の実とタナガーを静江に持っていこうとひそかに胸を高鳴らせる。ふと、太一のすぐ下の妹が、末の妹を埋葬した場所から蛍が飛び上がることに気づく。その小さな光を迎えるようにして、大きな光が舞い上がり、二つの光はゆっくりと空に昇っていくのである。

まるで別れを惜しむかのような蛍の光は、楚洲川のほとりにたたずむ子どもたちを照らしている。母のハンセン病発病によってもたらされた理不尽な差別や、戦争によってもたらされた困難、家族や友人の死を耐え抜きながら、明日をどう生きるかを考えはじめている太一の成長は悲しくもまぶしい。蛍の光は、失われてしまったものを記憶に留め、前を向いて歩き出そうとする太一たちの未来を照らしだそうとしているに違いない。

本書は、一九九三年六月に朝日新聞社より単行本として刊行されたものを文庫化したものです。また、実在の村が登場しますが、登場人物や物語はすべてフィクションです。

沖縄詩歌集

～琉球・奄美の風～

平敷屋朝敏、恩納なべをはじめ、沖縄の魂を感受した二百余人の詩・俳句・短歌・琉歌を集めたアンソロジー。

「おもろさうし」を生んだ琉球国の民衆や、琉球弧の島々の苦難に満ちた暮らしや誇り高い文化が想起されて、今も神話が息づく沖縄の魂を感受し多彩な手法で表現されている。（鈴木比佐雄　解説文より）

鈴木比佐雄、佐相憲一、座馬寛彦、鈴木光影　編

A5判／320頁／一八〇〇円＋税

コールサックアンソロジー

ツダヌマサクリファイ

鈴木貴雄

千葉・津田沼を舞台に、町の全体を繋げる良質なオムニバス映画のような〝詩の心〟を響かせた小説集。

ホームレス少女と男子大学生との出会い、裏社会の下っ端男が担がされるダークなからくり、中三男子と怪しい経歴の伯父との交流…千葉・津田沼を舞台に、様々な人々が悩み模索しながら生きる姿を、独特の文体で印象深く切り取った27のショートストーリー。

文庫判／96頁／九〇〇円＋税

コールサック小説文庫

判事の家 増補版

――松川事件その後70年

橘かがり

松川事件から70年、その今日的な意味を問う小説！判事の祖父はなぜ一人だけ有罪を主張したのか――

松川事件で最後まで有罪説を主張した最高裁判事の孫亜里沙は、ある日、父の愛人・早雪と会うことになる。それは、松川事件を発端とした復讐のはじまりだった。08年刊の同名小説を加筆修正、福島大学伊部正之教授の補章を加えた。第71回小説現代新人賞「月のない晩に」を併録。

文庫判／272頁／九〇〇円＋税

コールサック小説文庫

読みづらい文字

下地ヒロユキ

宮古島のモクマオウの根元から新たな神話を紡ぐ。

下地ヒロユキさんは沖縄・宮古島の「モクマオウ」の根元や暗黒の深みなどから、十万光年へと通ずる言葉を汲み上げて、言葉の存在喚起機能を最大限発揮して、神話的イメージを創り続ける言葉の冒険者であるだろう。（鈴木比佐雄　解説文より）

A5判／96頁／一五〇〇円＋税

大城貞俊（おおしろ　さだとし）**略歴**
1949年沖縄県大宜味村生まれ。

詩人・作家・元琉球大学教育学部教授。『椎の川』（具志川市文学賞）で作家デビュー。（のちに朝日新聞社から単行本として出版。）

主な受賞歴に九州芸術祭文学賞佳作、沖縄市戯曲大賞、文の京文芸賞、やまなし文学賞佳作、さきがけ文学賞、山之口貘賞など。

近著に『一九四五年 チムグリサ沖縄』（さきがけ文学賞）、『カミちゃん、起きなさい！　生きるんだよ』（2018年）がある。

コールサック小説文庫

大城貞俊『椎の川』

2018年8月15日初版発行
著　者　大城　貞俊
発行者　鈴木比佐雄
発行所　株式会社 コールサック社
〒173-0004　東京都板橋区板橋2-63-4-209
電話 03-5944-3258　FAX 03-5944-3238
suzuki@coal-sack.com　http://www.coal-sack.com
郵便振替　00180-4-741802
印刷管理　（株）コールサック社　制作部

＊カバー装画　宮良瑛子　＊装丁　奥川はるみ

落丁本・乱丁本はお取り替えいたします。

ISBN978-4-86435-353-3　C0093　￥900E